다음 책

다음 책
읽을 수 없는 시간들 사이에서

펴 낸 날 2014년 10월 14일
지 은 이 조효원
펴 낸 이 주일우
펴 낸 곳 ㈜문학과지성사
등록번호 제1993-000098호
주　　소 121-840 서울 마포구 잔다리로 7길 18
전　　화 02) 338-7224
팩　　스 02) 323-4180(편집) / 02) 338-7221(영업)
전자우편 moonji@moonji.com
홈페이지 www.moonji.com

© 조효원, 2014. Printed in Seoul, Korea
ISBN 978-89-320-2664-0

다음 책

읽을 수 없는
시간들 사이에서

조효원 지음

문학과지성사

2014

은주에게

「옆 마을」

─프란츠 카프카

나의 할아버지는 이렇게 말씀하시곤 했다.

"인생이란 놀라울 정도로 짧다. 돌이켜보면 나에게 삶은 너무도 짧은 것이어서 나는 그런 게 도무지 이해되지 않는다. 이를테면 젊은이들이 도대체 겁도 없이 말을 타고 옆 마을로 가겠다고 나서는 것 말이다. 도중에 예기치 않게 이런 저런 불행한 일을 당할 가능성은 제쳐두더라도, 평범하고 행복하게 흘러가는 삶의 시간만 해도 그렇게 말을 타고 가기에는 결코 충분하지가 않단다."

『다음 책』

─조효원

(미처 태어나지 못한) 나의 손자는 이렇게 말하곤 했(을 것이)다.

"인생이란 놀라울 정도로 짧아. 젊은 내가 지금 미리 앞당겨 생각해봐도 삶은 너무나 짧은 거라서, 나는 그런 게 도통 이해가 되지 않아. 이를테면 우리 할아버지 세대들은 어떻게 그렇게 많은 책을 읽을 생각을 했는지 말야. 도중에 예기치 않게 노안이 오거나 구글과 애플이 간편하게 요약해서 읽어줄 가능성은 제쳐두더라도, 평범하고 성실하게 흘러가는 삶의 시간만 해도 (이 책에서) 다음 책으로 넘어가기에는 결코 충분하지가 않거든."

차례

문제는 강렬함이다

Es geht um Intensität

0.

보는 것, 보게 하는 것, 그리고 보지 않을 수 없게 하는 것 사이에는 엄청난 차이가 있다. 그러나 온전히 제대로 보는 때가 되면, 그 차이는 아무것도 아닐 것이다.

1. 보는 것

20세기 초 유럽의 유력한 주간지였던 『세계극장*Die Weltbühne*』의 한 필자는 다음과 같은 연극 장면을 구상했다.

방. 신문 독자는 잠옷을 걸치고 있다. 탁자와 의자 위에는 갖가지 크기의 신문들이 구겨진 채 널려 있다. 한 구석에는 차곡차곡 쌓인 신문들이 거대한 꾸러미로 놓여 있다.

배경음악으로는 재즈부터 성가에 이르기까지 온갖 종류의 것들이 흘러나온다.

"사랑하는 하느님, 저의 낮은 간청을 들어주소서!
여기 이 꾸러미를 내려다보아주소서!
사랑하는 하느님, 저는 기력이 다했습니다.
그러나 여기에는 일주일치의 신문이 있습니다.
저는 저것들을 모두, 모조리 읽어야 합니다."[1]

우리는 많은 것을 떠나보냈다. 지금으로부터 반세기 전 한 폴란드 유대계 미국인의 선언과 함께 이데올로기가 목숨을 잃었고, 사 반세기 전 어느 일본계 미국인의 선언이 전 세계에 울려 퍼졌을 때는 역사가 수명을 다했으며, 한때 미국의 교수였던 한 일본인의 선언이 이루어지던 십여 년 전에는 마침내 문학마저 종언을 고하고 말았다. 그렇지 않다고 항변하는 목소리는 많지만, 슬프게도 그 소리들은 잘 들리지 않는다. 그들의 목소리가 낮았기 때문이기도 하지만, 무엇보다 그들을 짓누르는 시대의 소음과 당대의 소문 들이 너무나 크고 거세기 때문이다. 만약 누군가 나에게 '그렇다면 무엇이 남았는가?'라고 묻는다면, 나는 '이미 그 질문에는 답을 드렸다'고 말하고 싶다. 그렇다. 우리에게 남은 것은 '시대의 소음과 당대의 소문 들'이다. 그것이 전부다. 그렇지 않다,고 부인하는 목소

1) Kurt Tucholsky, *Gesammelte Werke in zehn Bänden. Band 5*, Reinbek bei Hamburg 1975, pp. 300~01.

리가 혹시 들려오기라도 한다면, 나로서는 그에게 다만 쓰디쓴 미소로 답할 수밖에 없을 것 같다. 애처롭게도 그의 목소리는 미처 소문조차 되지 못하고 사그라질 것이므로.

그러나 기막히게 기묘한 역설을 통해서라면 아마 그 항변의 목소리가 정당성을 얻을지도 모르겠다. 왜냐하면 사실 우리는 모든 것을 가졌기 때문이다. 실로 오늘날의 우리에게 부족한 것은 아무것도 없다. 우리가 떠나보낸 것들, 우리를 떠난 그것들은 모두 우리에게 한낱 잉여에 지나지 않았던 것이다. 잉여였으므로, 그것들을 떠나보낸 뒤에도 우리는 결핍을 느낄 까닭이 없다. 시대의 소음과 당대의 소문 들'께서' 날마다 부족함 없이 모든 것을 채워주'시'니 말이다. 그것들 안에서 우리는 안락하고 풍요롭다. 하여 우리는 날마다, 주마다, 달마다, 계절마다, 해마다, 끊임없이 환호한다. 어제는 '별 그대'에 몰입했으나 다음 주에는 류현진의 슬라이더에 열광할 것이며, 작년에는 김연아의 피겨에 감동의 탄성을 질렀으나 그런 다음에는 다시 있을 월드컵/올림픽에 함성을 지르며 힘찬 박수를 보낼 준비를 하는 것이다(계절마다 돌아오는 이런저런 화려한 '데이day'들도 빼놓을 수 없다). 그렇게(언제, 어떻게 가는지도 모르게), 시나브로, 우리의 세월은 간다. 그리고 이 모든 몰입과 열광과 환호에는 언제나 세 가지가 따라붙는다. 술과 뉴스와 인터넷(혹은 SNS)이 그것이다. 하여 이제 우리는 알게 된다. 투홀스키의 저 이상한 '신문 독자'는 다름 아닌 우리 자신임을! (눈치 빠른 독자라면 이미 알아챘겠지만, 여기서 '신문'이란 저 모든 것의 대표 이름이다.)

우리, 신문 독자들은 '모두, 모조리, 다' 읽어야 한다. 아니, '보아야' 한다(오늘날 '신문'은 읽는 게 아니라 '보는' 것이다. 그러나 어쩌면 이것이 신문의 본질일지도 모르겠다). 왜 그럴까? 이것은 어쩌면 어이없는 질문일 수도 있다. 그 답이 너무나 명확하기 때문이다. 재미있으므로, 우리는 본다. 보아야 한다. 재미를 놓칠 수는 없지 않은가. 극도의 흥분과 재미가 기대되는 순간에 지하철이 고장나거나 도로가 꽉 막혀 버스가 움직이질 않으면, 우리는 발을 동동구른다. 마치 하느님께 기도라도 하듯이(하느님! 저는 이것을 꼭 봐야 합니다!). 그러나 요즈음에는 굳이 하느님을 찾을 필요도 없다. 모두 제각기 손바닥 안에서 '실시간으로' '본방 사수'를 할 수 있으니 말이다. 사정이 이러하니, 이데올로기와 역사 그리고 문학 따위가 우리를 떠났다고 해서 무엇이 아쉽겠는가. 우리에게는 무한한 볼거리가 있고, 끝없는 재미가 있다. 그리고 아마 이 둘은 결코 우리를 떠나지 않을 것이다. 적어도 우리가 그들을 보는 동안에는. 하여 아마도 이런 표현이 가능할 것이다. '나는 본다, 고로 존재한다.' 보는 우리를 존재하게 하는 신, 그의 이름은 재미.

2. 보게 하는 것

그러나 차마 문학의 장례식장을 떠나지 못하는 이들도 있다. 커다란 슬픔으로 너무 지친 까닭에 이들에게는 문학의 관 위로 꽃 한송이 던질 힘조차 남아 있질 않다. 꽃을 던지지 못했으니 흙을 덮을 수 없고, 때문에 문학의 장례식은 아주아주 길게, 마치 무한을 향해가듯이, 연장되고 있는 셈이다. 한때 문학의 친구였던 이데올로기와 역사의 장례식에 견주어도 훨씬 초라할 것이 분명한 이 장

레식의 풍경은, 적어도 나의 눈에는 처참하게, 아니 처참해서 아름다워 보인다. 이 장례식장에서 아마도 가장 오랫동안 손에서 꽃을 놓지 못할 것으로 보이는 한 사람이 옆 사람들에게 차분한 목소리로, '문학은 몰락 이후의 첫번째 표정'이라고 속삭였다. 그것은 낮은 목소리였음에도 불구하고 그 자리에 모인 모든 사람들이 들을 수 있을 정도로 멀리 퍼져나갔다. 그 말을 듣는 모든 조문객들의 표정은 한결같이 침착했고, 동시에 그들의 눈빛은 마치 문학의 죽음에 대해서 아직 알지 못한다는 듯 깊고 몽롱했다. (그런데, 혹시 관 속에 누운 문학도 그 목소리를 들었을까? 만약 들었다면, 어떤 표정을 지었을까?)

하여 그들의 표정은 말하자면 하나의 강력한 징표다. 그들은 하나같이 안으로 침잠하고 있어서 도무지 저 바깥에 있는 무언가를 보지 못한다(부디 청하건대, 이 말에서 저 해묵은 '현실 참여/예술 자율' 따위의 대립을 떠올리지 마시기를). 그러나 그들의 침잠은 극도로 예민한 것이어서 아주 미미하고 사소한 방해에도 여지없이 무너지고 만다. 그리고 바로 이때가 그들의 불행이 시작되는 순간이다. 가령 너무나 깊이 침잠하고 있어서 손에 들고 있던 꽃이 무엇을 위한 것인지조차 잊어버린 작가—그는 누구보다 문학을 사랑하는 사람이다—는 다음의 암호 같은 말을 제 손바닥 위에 적어놓았다. "밤은 낮의 거대한 그림자였다. 밤은 언제나 낮이 잊혀지는 순간에 소리 없이 찾아들었다. 더 이상 내밀할 수 없는 검은 하늘이 모든 사물의 뒷면을 파고들었다. 그리고 낮이 되고 사물이 만들어낸 그림자의 각도가 조금씩 달라지면 태양 아래 발각된 안식은 지친 제 몸을 애써 숨기려고 하지도 않았다. 태양 아래에서, 햇

빛 사이에서, 아침이 오면, 아주 먼 옛날이야기로, 아침 해와 눈이 마주치면 먼지로 부서져버렸던 사람들처럼, 아니면 물처럼 녹아 모래 사이로 스며들었던 사람들처럼, 혹은 사람이 아니었던 사람들처럼, 그림자와 그림자 들은 아무런 이야기도 내뱉으려 하지 않았다."[2] 언뜻 보면 드는 생각과 달리, 이것은 문학을 위한 추도문이 아니다. 짐작건대 이것은 문학이 아직 임종의 침상 위에서 사랑하는 사람들에게 둘러싸인 채 아늑한 분위기 속에서 제 이야기를 들려주던 때를 떠올리는 작가의 달콤한 추억일 것이다. 그리고 이 추억을 따라, 우리는 흐르는 세월을 거슬러 올라간다.

그리고—무엇보다 이 점이 중요한데—이러한 추억의 기록은 (아주 가끔에 불과할 수도 있지만) 우리로 하여금 '보게 한다'. 무엇을 보게 하는가? 바로 재미의 짧음과 공허함과 덧없음을 보게 한다. 다시 말해 자신이 '보는 것'의 헛됨을 '보게 하는 것'이다. 이것은 지혜로웠던 문학이 살아 있는 동안 끊임없이 우리에게 가르쳐주었던 비법Methode이고, 그럼에도 끝끝내 우리가 체득하지 못한 기술Kunst이다. 문학은 누구보다 평화를 사랑했으나 언제든 시대의 소음과 당대의 소문에 대한 이야기만 나오면 무서운 투사로 돌변하곤 했다. 그가 지칠 줄 모르고 '보게 하는 것'의 중요성과 어려움을 강조했던 것은 바로 저 소음과 소문 때문이었다. 그러나 아직 부모에 대한 사랑이 그다지 깊지 않은 미숙하고 어린 자식들이 그러하듯이 우리는 문학의 깊은 뜻을 헤아리지 못했다. 때문에 우리는 종종, 아니 아주 자주, '보는 것'의 재미에 온통 정신이 팔리는

2) 한유주, 「달로」, 『달로』, 2006, p. 14.

것이다. 때문에 우리는 '보게 하는 것'의 깊이와 고통을 제대로 느낄 수 없(었)다. 그리고 우리는 지금, 황망하게 문학이 떠난 뒤에야 그저 어렴풋이 예감하고 있을 따름이다. 문학이란 끊임없이 우리의 시선을 빼앗아가는 소음과 소문의 벽을 뚫고 '보게 하는 것'임을. 저 텅 빈 곳, 우리 시선 자체의 공허함을 실감하게 하는 것임을.

3. 보지 않을 수 없게 하는 것

따라서 '보게 하는 것'은 '보지 않을 수 없게 하는 것'을 위한 필요조건이라고 말할 수 있다. '보지 않을 수 없게 하라', 이것은 소음/소문과의 처절한 싸움을 단 한 번도 피하지 않았던 문학의 유언이다. 무엇을 보지 않을 수 없게 하라는 말일까? 그 답은 지극히 간단하지만 동시에 비길 데 없이 어렵다. 즉, 그 답은 바로 자기 자신이다. 무릇 '살아 있는' 인간들은 본질상 무언가를 보는 것을 멈추거나 끝낼 수 없는 존재들이다. 바로 이러한 본질적 제한 아래 모종의 가능성이 숨어 있다. 그 가능성이란 바로 '보는 자신'을 '보는 것'이다. 문학의 유언은 바로 이 두번째의 봄을 '강제'하는 명령에 다름 아니다. 즉 '보는 것' 자체를 '보지 않을 수 없게 하는 것', 이것이야말로 소음/소문과의 투쟁을 강조했던 문학의 의중(意中)인 것이다! 말할 것도 없이 이 두번째 봄은, 첫번째 봄을 산출하고 유혹하며 결국에는 다시금 제 안으로 흡수해버리는 '재미'에 대한 완고한 저항이다. 따라서 그것은 그 어떤 것보다 불편하고 지루하며, 한마디로 요약하자면 고통 그 자체다.

다시 한 번 저 낮은 목소리의 주인의 말을 빌려오자면, 문학의 유언은 하나의 '불가피'라 말할 수 있다. 즉 문학은 "이렇게 말할 수밖에 없다는 불가피를, 이렇게 행위할 수밖에 없다는 불가피를 정초한다."[3] 여기서 잠시 이 '불가피'와 반대되는 '다른 가능성'이라는 표현에 주목해보자. 이 말은 때와 장소와 분야와 분위기를 막론하고 쉽고 간편하게 쓰인다. 때문에, 불행하게도, 이 표현에는 '문제의 난국을 손쉽게 피해가는 도피책'이라는 부정적인 의미가 첨가되었다. 그러나 역설적으로 이러한 부정적 평가와는 정반대 의미에서 그러한 의미(부여)는 정당하다. 왜냐하면 '가능성'이란 본질상 언제나 '다른' 가능성이기에, '다른 가능성'이라는 표현을 쓸 경우 그것은 이미 '가능성' 자체에 대한 근본적인 부정이 되어버리기 때문이다. 다시 말해, 엄밀히 따지자면 우리는 '가능성'이라는 어휘 앞에 형용사를 붙일 수 없다. '존재'의 대당(對當) 개념인 '가능성'은 (존재와 마찬가지로) 그 자체로 온전하고 완전한 것이기에 그렇다. 따라서 가능성에 '다른'이라는 수식어를 붙이는 순간 우리는 이미 가능성에 손상을 입히는, 아니 그것을 파괴해버리는 셈이다. 이렇게 볼 때, 문학의 불가피를 속삭인다는 것은 그 자체로 불가피한 일이며, 그것이야말로 '가능성'이다. 하이데거는 자유를 이렇게 정의했다. "생각하건대 하나의 가능성을 끝까지 선택하는 것, 다시 말해 다른 가능성을 선택하지 않았다는 점과 다른 가능성을 선택할 수 없다는 사실을 견뎌내는 것이야말로 자유일

---

3) 신형철, 『몰락의 에티카』, 문학동네, 2008, p. 16.

것이다.ᵃ"⁴⁾

이러한 맥락에서 '재미'와 더불어 '보는 것'을 택하는 자들의 기준에 서서 문학의 조문객들에게 빨리 꽃을 던지라고 충고를 던지는 것—여기서 나는 『한국문학과 그 적들』의 저자를 생각하고 있다—은 말하자면 소음과 소문의 권력에 영합하는 행위라고 말할 수 있다. 물론 문학은 읽혀야 한다. 누구도 이것을 부정하지 않는다. 그러나 이 절대적 요청을 좀더 구체적인 질문의 형태로, 즉 '누구에게 읽혀야 하는가?'라는 물음으로 변환시켜보면, 문제의 형세는 확연히 다르게 나타난다. 누구나 여기서 당연히 그리고 재빨리 '독자'라는 답을 떠올리겠지만, 그러나 그 '독자'라는 존재가 '실재'가 아니라 하나의 '이념'이라는 사실을 통찰하는 사람은 아마 거의 없을 것이다. 물론 실제로 독자는 존재한다. 그러나 작가가 제 존재를 걸고 삶을 걸고 그리하여 마침내 죽음을 걸고서 글을 쓸 때, 그가 '믿는' 독자란 실제로 존재하지 않는다. 아마도 그러한 독자의 '이념'에 가장 가까이 갈 수 있는 사람은 작가 자신일 것이다. 물론 그렇다고 해서 작가 자신을 능가하는 독자가 없는 것은 아니다. 작가란 언제든지 문학의 골고다 언덕에서 도망칠 수 있는 연약한 존재이기 때문이다. 그에 반해 독자는 저 골고다 언덕을 바라보는 '관객'이므로, 단 한 번의 도약으로 저 이념에 다다를 수 있는 유리한 입장에 있다. 그러나 이처럼 유리한 입장에 있기 때문에 독자에게는 그만큼 커다란 위험 역시 존재한다. 즉 관객의 자리에 앉아 있는 그는 모든 것을 보았다는, 또 모든 것을 이해했다는 드

4) 마르틴 하이데거, 『존재와 시간』, 전양범 옮김, 동서문화사, 2008(1992), p. 369.

높은 착각에 빠지기 쉬운 것이다. 물론 이러한 착각은 직접 골고다 언덕을 걸어 올라가 보면 금방 깨지는 것이지만, 그러나 그가 관객으로서의 입장을 고수하면서 터무니없는 자부심으로 작가의 땀을 닦아주려 하는 지경에 이르면 그 착각은 걷잡을 수 없는 파멸로 그를 몰아갈 수도 있다. 얼른 꽃을 던져버리라는 충고는 바로 이러한 독자의 입장에서만 나올 수 있는 것이다. 그러므로 그에게는 다음과 같은 친절한 설명으로 응답해주어야 할 것 같다. 『흡혈귀의 비상』에서 미셸 투르니에는 다음과 같이 말했다.

누구를 위해서 쓰는가? 이 기본적인 질문에, 작가들은 오랫동안 '나의 후원자를 위해서'라고 대답해야만 했다. 몰리에르는 루이 14세와 그의 궁정을 주 관객으로 가지고 있었으므로, 그의 희극이 왕권을 공격하고 뒤흔드는 힘을 가지고 있었던가라는 문제에서 비켜나 있었다. 그 시대에 문학은 '지식인들'이라는 좁은 계층의 문제였으며 그들의 직업이자 전매품이었다. 문맹이라는 대양(大洋)에 외롭게 떠 있는 '교양인들'의 섬 위에서, 그들은 서로를 위해서 글을 썼다. 대화의 기술에서 말하기와 듣기가 번갈아 실행되듯이, 같은 사람들에 의해서 읽기와 쓰기가 교대로 이어졌다. 〔……〕 "위대한 작가"가 되는 것, 그것은 그의 환경의 문제도, 동시대인들의 문제도 아닌 다른 것들의 문제이다. 자신이 지금 쓰고 있는 것을 천재적이라고 판단한다면, 그 저자는 빅토르 위고라 해도 탈선하게 될 것이다. 한 작품의 천재성은 독자에 의한 실현 속에 들어 있다. 나는 트리스탄과 이졸데, 페로, 생-시몽을 읽고, 그것들을 읽음으로써 세계에 대한 나의 현재의 비전이 넓어지고 깊어지며 풍부해지고 자유로워지기에 그 작품들을 천재적이라고 판단한다. 폴 발레리는, 영감이란 시인이 글을 쓰기 위해 놓여 있는 상태가 아니라, 그가 쓴 것을 통해 자신의 독자를 그 안에 두고자 하는 상태라고 말했다. "당신을 영감을 얻은 사람으로, 나를 천재적인 작가로 만들어줄 나의 책을 당신에게 바친다"고 작가는 독자에게 말한다.[5]

요컨대, 글을 쓸 때 작가가 그러하듯이 책을 읽을 때 독자 또한 작가의 이념을 생각해야 한다. 그래야만 그 자신이 직접 그 작가를 '천재적인 작가'로 만들 수 있다. 작가와 독자가 각자 서 있는 자리에서 (서로의) 이념을 지향할 때에야 비로소 ('저작권' 따위의 속된 권력은 도저히 끼어들 수 없는) 어떤 강렬한 '위대함'이 실현된다. 투르니에가 위대한 작가＝독자인 것은 바로 그래서다. 과연 누가 이렇게 말할 수가 있(었)을까? "나는 트리스탄과 이졸데, 페로, 생 시몽을 읽고, 그것들을 읽음으로써 세계에 대한 나의 현재의 비전이 넓어지고 깊어지며 풍부해지고 자유로워지기에 그 작품들을 천재적이라고 판단한다." 그러나 모두가 알다시피 이념은 '보이지' 않는다. 그리고 이념은 재미가 없다. 그렇기에 작가는 "존경받고 사랑받고 칭송되지만, 또한 기생충과 돌팔이 약장수처럼 은밀히 경멸당한다. 음악가, 소설가, 희곡작가 그리고 시인들은 모두 어릿광대들인 것이다! 〔이러한〕 모순은 경제적인 차원에도 있다. 하나의 작품은 얼마큼의 가치가 있을까? 예술가는 어떻게 그리고 얼마나 대가를 받아야 할까? 이 질문들에, 받아들일 수 있는 대답은 두

5) 미셸 투르니에, 『흡혈귀의 비상』, 이은주 옮김, 현대문학, 2002, pp. 30~37.

가지뿐이다. 전무 아니면 무한. 셰익스피어, 발자크, 발레리에게 어떻게 돈을 지불할 것인가? 그들이 그들의 '고객들'에게 제공한 '서비스'를 누구도 결코 수치로 환원할 수 없을 것이며, 따라서 그들에게 모든 것을 줄 수는 없으므로, 만일 그들이 우리 곁으로 다시 돌아온다면 최선의 답은 아마도 그들에게 아무것도 주지 않는 것이 될 것이다."⁶⁾

지금 우리는 실로 놀라운 발견 앞에 서 있다. 그렇지 않은가? 우리에게 그토록 많은 것을 주는 셰익스피어, 발자크, 발레리에게 우리는 아무런 대가도 지불하지 않았던/않는 것이다! (문학에는 국경과 시대가 없다는, 너무나 자명하고도 쉬운 진리를 까마득히 망각한 채 계속해서 '한국' 문학을 외치는 자들에게 특히 이 점을 분명히 강조해두고 싶다. 그리고 논증의 방식과 과정을 도외시하고 결론만을 보면, 『근대문학의 종언』의 번역자는 이 점에서는 단연 선구적이라 할 수 있다. 그는 뛰어난 일본 문학 비평가가 될 수 있을 것이며, 그로써 〔한국〕 문학에 커다란 기여를 할 수 있을 것이다.) 바로 이처럼 우리가 누리고 있는 커다란 은총 때문에라도 우리는 문학의 관 위로 꽃을 던질 수가 없는 것이다. 우리가 이념을 망각한 채 오직 '재미'라는 궁극의 범주에서 발원하는 이런저런 기준들로써 문학에 대한 설명과 충고와 논평 들을 내세울 때, 우리는 마치 눈앞에 쳐들어온 적의 부대로 몰래 숨어들어가 적장에게 아군의 병기와 식량의 위치를 알려주고는 목숨과 안전을 구걸하는 비겁한 병사처럼 행동하는 셈이다. 이념은 설득이나 주장과는 상극이다. 설득과 주장은 개

6) 같은 책, pp. 92~93.

념의 무기들로써 수행되는 전략이지만, 이념은 결코 지워지지 않는 이름들을 통해 영원한 '불가피'로서 존속하는 평화의 약속이다. 저들로 하여금 '보지 않을 수 없게 하는 것'은 바로 이 약속이다.

4. 보는 행위 속으로 침잠하는 것

'모든 크레타인은 거짓말쟁이다'라고 말하는 크레타인을 어떻게 생각해야 할까? 이것은 인류 역사상 가장 케케묵은 질문들 중 하나지만, 결코 대답된 적이 없는, 따라서 항상 새로운 질문이기도 하다. 장 콕토는 바로 이 질문에 응수하기라도 하듯이 "나는 언제나 진실을 말하는 거짓말쟁이다"라고 말했다. 바로 이런 것이 문학의 방법이다. 가장 날카로운 질문들을 발굴해내고, 거기에 대해 가장 부드러운 수수께끼로 답하는 것. 질문의 날카로움은 수수께끼의 부드러움 덕분에 더욱 강화된다.

여기서 다시 우리의 '신문 독자'를 잠깐 떠올려보자. 그의 눈에는 세상의 모든 뉴스들이 흥미롭기 때문에, 그는 신문 읽기를 포기할 수 없다. 그러나 신문들은 계속해서 쌓여가고, 그에 따라 재미있는 볼거리들 또한 무한히 늘어나는 까닭에 그는 결코 그 속도를 따라잡을 수 없다('사랑하는 하느님, 저는 기력이 다했습니다'). 이처럼 제어 불가능한 곤란에 빠진 그가 집어든 마지막 선택지는 바로 신을 향한 기도였다. "사랑하는 하느님, 저는 저것들을 모두, 모조리 다 읽어야 합니다." 이것은 인간의 현존을 떠받치고 있는 모든 질문과 수수께끼를 끝없는 재미의 꾸러미로 남김없이 대체하겠다는 발상이다. 그리고 말할 것도 없이 이것은 신의 눈에 가장 큰 죄악이다. 그는 신에게 기도하지만, 사실은 신을 '철저하게' 모르는 사람이다. 그가 신을 모르므로, 신 또한 그를 알지 못한다. 조르조 아감벤은 이렇게 경고했다. "교의에 따르면 피조물들이 견뎌낼 수는 있으나 결코 피할 수는 없는 최악의 형벌은 신의 진노가 아니라 신의 망각이라고 한다. 신의 진노는 궁극에서 보자면 그의 자비로움과 똑같은 원료로 만들어진 것이다. 그러나 우리의 죄악이 그 어떤 척도로도 잴 수 없을 지경까지 치솟아 오르게 되면, 그때는 신의 진노마저도 우리를 포기하게 된다. 오리게네스는 다음과 같이 적었다. '그것은 두려운 순간, 극한의 순간이다. 왜냐하면 우리는 우리의 죄를 벌 받지도 못하기 때문이다. 우리가 죄악의 최대치를 넘어서면, 저 질투심 많은 신께서도 자신의 질투심을 던져버리시고 이렇게 말씀하실 것이다. '나의 질투마저도 너희를 버렸다. 나는 이제 더 이상 너희로 인해 질투하지 않을 것이다.'"[7]

무한한 재미의 흐름 속에서 시간을 죽이고 세월을 보내며 그리하여 모든 가치와 의미를 가볍게 떠날 수 있는 자들에게는 신의 질투도 소용이 없다. 그리고 어쩌면 그러한 자들이 갈 곳은 지옥이 아니라 연옥일 것이다. 아니, 이처럼 언제 어떻게 가는지도 모른 채 흘러가는 그들의 세월 자체가 벌써 연옥일지도 모른다. 이것은 끔찍한 역설이다. "하므로 최악의 형벌—신이 얼굴을 돌리시는 것/외면하시는 것—이 연옥의 거주자들에게는 자연스러운 축

---

7) Giorgio Agamben, übersetzt von Dagmar Leupold u. Clemens-Carl Härle, *Idee der Prosa*, Suhrkamp, 2003, p. 67.

복의 상태로 변한다. 그들은 신에 대해 알지 못하며, 결코 알 수 없다. 그렇기 때문에 그들은 영원히, 신의 부재 속에서 고통 없이 내버려진 채 머무르게 된다. 말하자면 신이 그들을 잊은 것이 아니라 그에 앞서 그들이 먼저 신을 잊어버린 것이며, 그들의 망각에 대하여 신의 망각은 아무런 힘도 쓰지 못한다."[8] 끝없이 쌓여가는 신문들을 '모두, 모조리 다' 읽고자 하는 신문 독자들은 신의 망각보다도 더 강력한 망각의 힘을 가진 것이다. 그토록 강력한 망각의 힘을 가졌기에 그들로 하여금 '보지 않을 수 없게 하는 것'은 실상 거의 불가능해 보인다.

그렇기 때문에 우리에게 중요한 것은 이념의 약속을 지켜내는 것이다. 꽃을 던질 힘조차 없는 문학의 조문객들은 신문 독자들의 막강한 망각의 힘에 맞설 수 없다. 우리, '진실을 말하는 거짓말쟁이'들은 따라서 강렬하게 침잠하는 수밖에 없다. 그러나 그것은 우리 자유의 가능성이다. 이 가능성은 우리가 우리 자신(과 모든 신문 독자들)이 '보는 행위' 자체 속으로 깊이 침잠하는 순간에만 존립한다. 이처럼 '진실을 말하는 거짓말쟁이'들에게는 바라보는 시각 자체를 다시금 바라보는 두번째 시각을 통해 우리 자신을 바라보아야 한다는 불가능한 과제가 부여된다. 이 불가능한 과제에 대하여 오래전 독일의 한 거짓말쟁이 추기경은 다음과 같이 말했다. "시각(視覺)은 비록 보는 〔다른〕 어떤 것(대상) 안에서 자신을 되새겨볼 수 있겠지만, 자기 자신을 직접 보지는 못합니다. 다른 한편 시각들의 시각(혹은 시각 중의 시각)이 다른 것(들) 안에서 자신

---

8) 같은 책, p. 68.

을 확인하는 것으로서는 탐탁하지 않습니다. 〔……〕 그러므로 다른 것(들)에 앞서 인식하기 위해서는, 차라리 '알아봄' 자체 안에 '보는 자' '보이는 것(대상)' 그리고 '그 둘로부터 출현하는 알아보는 행위'가 서로 다름없이〔＝하나로〕 존재해야 한다고 봅니다."[9] 그러나 우리는 이 불가능한 과제를 회피할 수 없다. 요컨대 그것은 우리의 참된 '불가피', 유일한 자유의 가능성이다.

5. 문제는 강렬함이다

진실을 말하는 거짓말쟁이의 노력은 어쩌면 당대에는 그저 오해와 비난의 대상이 되는 데 그칠지도 모른다. 그러나 그의 노력이 최고도로 강렬해지면, 그는 그 모든 오해와 비난에서 스스로를 지켜낼 수 있게 되며, 나아가 그 강렬함이 새겨놓은 '정신적 도장'은 후대 '독자'들이 문학이라는 '불가피/가능성'을 접수하는 데 유용하게 쓰일 수 있다. 이것은, 투르니에가 보여주었듯이, 단테로부터 셰익스피어와 괴테를 거쳐 카프카에 이르는 세계문학이 증명하고 있는 바이다. 이러한 문학적 노력을 옹호하면서 최인훈은 이렇게 말했다.

말씀하신 정치적·사회적 제문제와 관련해 제 얘기가 어떤 의미에선 '좋은 소설 쓰면 시대에 충성을 다하는 거요'라는 얘기로 들리겠

9) 니콜라우스 쿠사누스, 『다른 것이 아닌 것』, 조규홍 옮김, 나남, 2007, pp. 181~83.

습니다만, 백조가 물에 떠 있을 때는 유장하게 떠 있는데 수면 밑에는 발을 끊임없이 저으며 부력을 유지한다는 식으로, 어느 분야에나 다 그런 것처럼 어느 정도의 시간적인 것이 지나간 다음에는 저 사람이나 저 예술가가 발을 어느 정도 놀리고 있나 하는 것을 위에 있는 겉모습을 보면서도 거의 식별이 가능하다 이거죠. 그 식별력이 아직 없으면서 어느 물오리는 아주 게으르다, 물살 좋으니까 덕을 보는 거지 넌 아주 게으른 학생이라고 함부로 단정하든지, 어디 물살을 타면 관계 기관 어디에 들어간다든지 하는 건……[10]

재미에 빠져 시간과 세월을 죽이고, 그로써 가치와 의미를 완벽하게 '무화vernichten'하는 '보는 자'들로 하여금 보게 만들고, 보지 않을 수 없게 만들고, 그리하여 마침내 보는 행위 자체 속으로 침잠하게 만드는 전회의 계기는 다름 아닌 책의 강렬함에 있다. 그것은 '식별력이 없는 자'들의 눈에는 아무것도 아닌 것으로 느껴진다. 아니, 오히려 그들은 보는 행위 속으로의 침잠을 가능케 하는 강렬함의 느낌 자체를 아예 모를 것이 분명하다. 왜냐하면 그들에게 보이는 것, 그들이 보는 것은 '겉모습'이 전부이기 때문이다. 겉모습을 보는 행위에는 강렬함이나 집중력이 필요치 않다. 그것은 노력하지 않아도 저절로 이루어진다. 즉 그러한 피상적인 시선에는 그저 물 위에 '떠 있는' 물오리만이 보일 뿐이다. 바로 이것이 앞에서 말했던 저 골고다 관객의 시선이다.

---

10) 최인훈·김치수, 「4·19 정신의 정원을 함께 걷다—4·19 50주년 특별대담」, 『문학과 사회』 2010년 봄호, p. 326.

그러나 이에 반해 직접 물속으로 들어가 거센 물살에 맞서서 제 자리를 고수하면서 물 위에 떠 있는 자들의 눈에는 보인다. 물 위에 떠 있으려면 얼마나 빨리, 얼마나 자주 발을 놀려야 하는지, 물살에 밀리지 않기 위해서는 얼마나 힘들게 발을 놀려야 하는지 말이다. 그리고 이렇게 '보는 행위'는 가벼운 눈의 '시선'이 아니라 무거운 온몸의 '행위'를 통해서 이루어지는 것이다. 이렇게 온몸으로 보는 행위야말로 진정으로 자신과 세계를 '알아보는' 행위인 것이다. 오직 이러한 행위들로 쓰인 책만이 최고의 밀도를 간직한 강렬한 책이라 할 수 있다. 친우 오스카 폴락에게 보내는 편지에서 카프카는 이렇게 적었다.

맙소사, 만약 책이라고는 전혀 없다면, 그 또한 우리는 정히 행복할 게야. 그렇지만 우리가 필요로 하는 것은 우리에게 매우 고통을 주는 재앙 같은, 우리가 우리 자신보다 더 사랑했던 누군가의 죽음 같은, 모든 사람들로부터 멀리 숲 속으로 추방된 것 같은, 자살 같은 느낌을 주는 그런 책들이지. 책이란 우리 내면에 존재하는 얼어붙은 바다를 깨는 도끼여야 해. 나는 그렇게 생각해.[11]

이제 우리는 알게 되었다. 문학의 장례식을 떠나지 않은 조문객들은 사실 꽃을 던지지 못한 것이 아니라 오히려 극도의 집중력으로 꽃을 들고 있는 거라는 사실을 말이다. 그리고 그토록 가벼운

---

11) 프란츠 카프카, 『행복한 불행한 이에게—카프카의 편지 1900~1924』, 서용좌 옮김, 솔, 2004, p. 70.

꽃을 들고 있는 행위에 얼마나 많은 노력이 필요한지를. 다시 한 번 강조하건대, 작가와 독자는 각자의 자리에서 서로의 이념을 지향해야 한다. 그리고 그렇게 하기 위해서 필요한 것은 오직 자신이 선택한 가능성을 끝까지 선택하는 강렬함뿐이다. '자살 같은 느낌을 주는 그런 책'들은 이처럼 강렬한 선택에 의해서만 만들어진다. 가령 로베르트 발저의 '야콥 폰 군텐 이야기'처럼 말이다. 감히 고백하건대, 다음의 네 문장은 내 내면의 빙하를 단번에 박살내버린 도끼였다.

작게 존재하고 작게 머무는 것. 그 어떤 손이, 상황이, 어떤 물결이 나를 높이 들어 힘과 권력이 지배하는 곳으로 데려간다면, 난 나에게 특권을 주는 이 상황을 깨부숴버릴 것이다. 그리고 나 자신을 저 밑, 아무 말 없는 어둠 속으로 던져버릴 것이다. 난 오직 저 밑의 영역에서만 숨을 쉴 수 있다.[12]

그러므로, 결국, 문제는 강렬함이다.

---

12) 로베르트 발저, 『벤야멘타 하인학교—야콥 폰 군텐 이야기』, 홍길표 옮김, 문학동네, 2009, p. 68.

1 Just(막)의　　　시간

막 뚫고 나온 목숨,
막 사이사이 펼쳐지는 연기 같은 삶,
그러니까 막간극,
그러나 어느새 막 내릴 시간

비인칭의 묵시록

다만 우리의 시간 개념이 우리로 하여금
최후의 심판이라고 부르게 만들지만,
원래 그것은 즉결심판이다.
— 프란츠 카프카

1. 시계를 삼킨 자들

'시간'이 문제의 핵심이라는 사실을 모르는 이는 없다. 알람 기능을 내장한 시계나, 해야 할 일들과 만나야 할 사람들과 끝내야 할 작업의 마감 날짜가 기록된 타임테이블 없이는 일상의 나날들을 밀고 나아갈 수 없는 도시 사람들의 존재 양식은 오로지 시간, 더 정확히는 기하급수적으로 빨라지는 시간에 의해서만 규정된다. 21세기의 도시 사람들이 생각하기에는 오히려 낭만적인 분위기를 가졌을 것만 같은 19세기의 도시 파리에 대해서 놀랍게도, 발자크는 벌써 이렇게 썼다. "끝도 없이 행진하고 있고 절대로 휴식을 취하지 않는다." 도시의 삶에는 오로지 행진만이 있을 뿐, 절대로 휴식은 없다. 그렇다. 200년 전 시작된 도시의 행진이 끝도 없이 이어지고 있는 것이다. 그리고 이 행진의 속도는 점점 더 빨라지고 있다. 그러나 이 행진의 진짜 가공할 만한 공포는 그것이 '거리 위에서만' 이루어지는 것이 아니라는 점에 있다. 도시의 행진은 거리를 벗어나 담을 넘고 벽을 뚫어 '휴식'을 위해 마련된 집의 내부까지 침투해 들어간다. 거실의 소파 위에서도, 서재의 책상 앞에서도, 심지어 안방의 침대 위에서도 행진은 멈추지 않는다. 멈추고 싶지만, 멈출 수 없다.

반복하건대, 시간이 문제의 핵심이라는 사실을 모르는 이는 없다. 모두가 외친다. "시간이 부족해!" "시간이 너무 빨리 가!" 10여 년 전 모스크바의 거리를 거닐며 대화를 나누던 두 철학자는 이렇게 이야기했다. "우리는 지금 '흘러가버린 모든 것들', 다시 말해 느리게 지나가버린 그 시간들을 벌충하느라 안간힘을 다 쓰고 있는데, 기실 이건 시간의 상이한 체제 속에서 사는 법을 익히는 것이며, 시간을 하나의 상품으로 대하는 법을 배우는 과정이기도 합니다(미하일 리클린)." "글쎄요. 당신들이 무언가를 벌충하고 있다기보다는, 차라리 무자비하게 착취당하고 있는 게 아니냐는 생각이 드는데요. 이미 당신들은 시간을 마음대로 사용할 수 없게 되지 않았습니까? 물론 그 덕에 사물에 대한 전유 가능성을 확장했다고 말할 수 있겠죠. 하지만 그 사물의 대부분은 오직 광고라는 수단을 통해서만 당신들의 것이 될 수 있으며, 시간의 경제학에 송두리째 종속되어버린 게 사실입니다. 악몽과도 같은 현실이 실현된 것이지요(수잔 벅-모스)."[1]

그러니까 사정은 다음과 같다. 시간이 문제의 핵심이라는 것을

---

1) 미하일 쿠지미치 리클린 지음, 『해체와 파괴—현대 철학자들과의 대담』, 최진석 옮김, 그린비, 2009, p. 317.

모두가 알지만, 그럼에도 시간성에 대한 사유를 절박한 요청으로 생각하는 사람은 드물다. 왜 그런 것일까? 그것은 도시-세계에 사는 우리 모두가 '시계를 삼킨 자들'이기 때문이다. 도시에 태어난 우리는 모두 어느새인가 시계를 하나씩 삼켰고, 삼켜진 시계는 배 속에서 끊임없이 끝없이 째깍거리며 시끄럽게 알람을 울려대고 있다. 거실에서, 서재에서, 심지어 침실에서마저 행진을 멈출 수 없는 것은 바로 이 시계 소리 때문이다. 배 속에 삼켜진 시계가 내는 초침 소리와 알람 소리에 의해 우리의 신체는 마비―기이하게도 우리는 이것을 '적응'이라고 부른다―되었다. 시계를 삼킨 것은 우리의 신체였지만, 이제는 거꾸로 시계(의 리듬과 소리)가 우리의 정신을 집어삼키고 있다. '악몽과도 같은 현실이 실현'되었지만 놀랍게도, 아니 끔찍하게도, 우리, 시계를 삼킨 자들은 벌써 그 현실에 적응―이것은 사실 '마비 상태'에 불과하다―해버렸다. '시간'이 문제라는 것을 아는 이들이 '시간성'에 대한 성찰과 숙고에 무관심한 것은 바로 이 '적응/마비'라는 마법적 메커니즘 때문이다. '문학과 정치'라는 실체적·이분법적 사유로부터 '문학의 정치'라는 관계적·접속적 사유로 이동하기 위해서는 바로 이러한 문제 파악을 선회축pivot으로 삼아 전방위적인 조망과 치밀한 탐문을 펼쳐야 한다. 다시 말해 문제 해결을 위한 실마리는 무엇보다 '우리는 모두 시계를 삼킨 자들'이라는 사실을 끊임없이 상기하고 마음에 새김으로써 찾아질 수 있는 것이다.

우리의 탐문 작업이 고통스러울 것임은 두말할 필요가 없겠다. 왜냐하면 우리는 배 속에 들어 있는 시계가 유발한 치료 불가능한 질병과 싸워야 하기 때문이다. 그 병의 이름은 '조급함'이다. 끝없이 빨라지기만 하는 시계 초침의 리듬은 우리로 하여금 쫓기듯이 행진하게 만들고, 언제나 예상보다 빨리 울리는 알람 소리는 침대 위에서조차 행진을 멈출 수 없게 만든다. 바로 이 벗어날 수 없는 악몽과도 같은 질병을 카프카는 '조급함'이라 불렀다. "다른 모든 죄들이 파생되어 나오는, 두 가지 주된 인간적인 죄가 있다. 그것은 조급함과 태만함이다. 조급함 때문에 그들은 낙원에서 추방되었고, 태만함 때문에 돌아가지 못한다. 그러나 주된 죄가 단지 한 가지라 한다면, 그것은 아마 조급함일 것이다. 조급함 때문에 그들은 추방되었고, 조급함 때문에 돌아가지 못한다."[2] 우리가 '문학의 정치'를 위한 가능성을 발견 혹은 발굴하기 위해서는 바로 이 '조급함'이라는 근원적 죄악=질병과 싸워야만 한다.

2. 문학의, 문 앞에서

조급하기 때문에 추방되었고, 조급하기 때문에 되돌아가지 못한다. 이것이 우리의 처지이다. 그런데 이러한 처지에도 불구하고 우리가 '문학'을 소유하고 있다고 믿는 이가 있다면, 그의 믿음만큼 터무니없는 것은 없다. 마찬가지로, 우리에게 '문학'이 '있다'고 생각하는 이가 있다면, 그의 생각은 돌이킬 수 없이 사태를 호도하는 것이라 하지 않을 수 없다. 그러니까 문학—그것이 '문단 문학'이든 '근대 문학'이든—이 끝났다고 성마르게 외쳐대는 행위는 죽지

2) 프란츠 카프카, 『전집2: 꿈 같은 삶의 기록』, 이주동 옮김, 솔, 2004, p. 411.

않은 몸으로 천국을 보았다고 말하는 것과 다를 바 없다. 문학은 우리 곁에 존재하거나 우리가 소유할 수 있는 것이 아니며, 따라서 '종언'을 맞을 수 있는 것도 아니다. 왜냐하면 문학은 아무것도 아니기 때문이다. 달리 말해 문학 그것이야말로 참된 '끝'의 다른 이름일 뿐이다. '끝'이라는 사태는 우리가 경험하거나 소유할 수 있는 실체가 아니며, 따라서 끝의 끝이라는 것은 도무지 있을 수 없다. 시를 쓰는 한 사회학자는 이와 동일한 인식을 다음과 같이 표현한 바 있다. "그것은 의미의 '무'이기도 하고, 진리의 '무'이기도 하고, 메시지의 '무'이기도 하다." 문학 "그것은 이념의 부재, 사유의 결락, 독트린의 쇠망, 진리의 파락을 하나의 비어 있는 공간으로서 인정하고, 그 '무'를 일러주는 덧없는 몸짓이다."[3]

그렇다고 할 때 우리가 가졌던 우리에게 존재했던 문학이 끝났다고 말하는 것은 모종의 병적 증세라고 말할 수 있다. 즉 '조급함'이라는 죄악이 우리의 발뒤꿈치에 숨겨놓은 병균이 온몸으로 퍼져나가면서 생긴 증상인 것이다. 이 증상에 대해 내릴 수 있는 처방전은 다음과 같은 것이다. "문학이라는 이 시대착오적이고 어떠한 명예도 가지지 않는 말, 전적으로 개론서용으로 혹사되고 산문작가의 점점 더 압도적이 된 발걸음을 추종하고 있는 말, 문학 그자체가 아니라 문학의 뒤틀림이나 과도함으로 보여주고 있는 말 (마치 이러한 성질이야말로 문학의 본질적인 것이기라도 하듯), 이러한 말이, 문학에 대한 이의 제기가 한층 더 심해지고 장르가 세분화되고 형식을 잃어버리고 있는 시기에, 글을 쓰는 사람들의 감추

<hr>

3) 김홍중, 「카프카와 손담비」, 『문학동네』 2009년 가을호, pp. 376~77.

어져 있지만 점점 강하게 현전하는 관심으로 변한다는 것, 이 관심 속에서 그 '본질'의 상태로 공공연하게 드러나야 할 것으로서 그들에게 주어지고 있는 것, 이것은 주목해야 하지만 난해한 것이 아닐까? 수수께끼처럼 주목해야 할 일이 아닐까?"[4] 그러나 아마도 저들의 의도와는 현격히 다른 관점에서라면, 저 종언 테제는 확고부동한 최종 판결로서 효력을 발휘할지도 모른다. 왜냐하면 도시-세계를 살아가는 우리 모두가 '조급함'이라는 치명적 질병을 앓고 있다는 사실을 처음으로 발견한 이가 이렇게 말했기 때문이다. "우리가 시간 개념을 단념한다면, 인간 발전의 결정적인 순간은 영속적이다. 그래서 이전의 모든 것을 무가치한 것으로 표명하는 혁명적 정신적 운동들은 정당하다. 왜냐하면 아직 아무 일도 일어나지 않았기 때문이다."[5]

아직 아무 일도 일어나지 않았다…… 정말로 그렇지 않은가! 그러나 이러한 인식은 세속-역사적 차원에서 얻어질 수 있는 것이 아니다. 세속의 경험 지평에서 보자면, 너무나 많은 일들이 일어났고 일어나고 있으며 또 일어날 것이 분명하다. 이것은 움직일 수 없는 사실이다. 그러나 우리의 좁고 낮은 경험 지평을 떠나서 '우주적 연대기'의 차원에서 볼 경우, 사태는 완전히 뒤집어진다. 즉 아직 아무 일도 일어나지 않은 것이다! 뿐만 아니라, 이 차원에서는 세상의 시간이라는 것도 지극히 짧은 한순간에 불과한 것이 된다. 그런데 우주적 연대기의 차원에서 본다 함은 무엇을 뜻하는

---

4) 모리스 블랑쇼, 『도래할 책』, 심세광 옮김, 그린비, 2011, p. 377.
5) 프란츠 카프카, 같은 책, p. 412.

가? 그것은 우리의 삶 전체가, 다시 말해 인간의 역사 전체가 말 그대로 '끝'에 내속되어 있음을 인식한다는 뜻이다. 달리 말해 우주적 연대기의 인식 지평에는 '미래'가 존재하지 않는다. 생각해보라. '조급함'이라는 질병/죄악이 생겨나는 것은 다름 아닌 '미래' 때문이 아닌가. 좀더 나은, 좀더 멋진, 좀더 행복한 '내일'이 있을 거라는 막연한 예감 때문에 '조급함'이라는 악마가 우리의 발목을 채어갈 수 있는 것이다. 나아가 이 악마는 인간들에게 기대에 따른 실망과 실망에 따른 더 큰 기대를 무한대로 제공하면서 그들을 몰아세운다. 그러나 "미래가 터부라면 비관은 있을 수 없다. 왜냐하면 미래가 없는 곳에는 비관이든 낙관이든 '관vision' 자체가 있을 수 없기 때문이다. 또한 파국이 항시적인 한에서 일상은 성립될 수 없다. 언제나 최후의 날이 입을 벌리고 있다면 안정적인 일상이란 존재할 수 없기 때문이다."[6]

내일이 오지 않을 것임을 아는 것. 미래가 없다는 사실을 가슴에 또렷이 새기는 것. 언제나 이미 도래해 있지만, 동시에 마침내 도래할 '문학의 공간'을 마련하기 위한 유일한 방법이 있다면, 그것은 바로 이와 같은 절망=희망을 품는 것뿐이다. 우리는 아직, 그리고 언제나 문학의, 문 앞에 서 있다. 문학의, 문은 열려 있으며, 무엇보다 우리를 위해 열려 있다. 문 앞에서, 문지기 곁에서 평생을 서성이다 죽어간 시골 사내처럼 우리도 문학의, 문 앞을 서성이고 있다. 어쩌면 죽음을 눈앞에 둔 시골 사내에게 비쳤던 바로 그 빛이 예측하기 힘든 어떤 순간에 돌연 우리를 향해 비쳐올지도 모

6) 김항, 『말하는 입과 먹는 입』, 새물결, 2009, p. 147.

른다. 저 빛을 기다리며, 아니 기다리지 않으면서 우리가 해야 하고 할 수 있는 일은 아무것도 아니며 다만 '끝'일 뿐인 문학 앞에서 서성이는 것이다. 바로 이러한 의미에서 문학의, 문 앞, 그곳은 비인칭의 목소리가 출현하는 장소이다.

3. 비인칭의 목소리

체코의 목소리로 프랑스어를 발음하는 세계의 작가 쿤데라가 사랑한 가련한 사내는 알론소 키하다이다. 우리가 '돈키호테'라는 이름으로 알고 있는 이 사내는 철저한 실패의 인생을 살았다. 그리고 비극과 신화의 여느 주인공들과 달리 실패한 그의 인생에 위대하다고 할 만한 것은 아무것도 없었다. "돈키호테는 패배했다. 그리고 그 어떤 위대함도 없었다. 왜냐하면 있는 그대로의 인간의 삶이 패배라는 사실은 너무나 명백하기 때문이다. 삶이라고 부르는 이 피할 수 없는 패배에 직면한 우리에게 남아 있는 유일한 것은 바로 그 패배를 이해하고자 애쓰는 것이다."[7] 쿤데라는 옳다. 그러나 그의 진단은 불충분하다. 다시 말해 패배를 이해하고자 애쓰는 것은 중요하지만, 그것은 어디까지나 필요조건으로서의 중요성일 뿐이다. 우리가 찾아야 할 충분조건은 '비인칭의 목소리'이다. 그러니까 우리는 이렇게 말해야 한다. 우리는 오직 '비인칭의 목소리'로써만 '삶=패배'를 이해하고자 애써야 한다고.

7) 밀란 쿤데라, 『커튼』, 박성창 옮김, 민음사, 2008, p. 21.

그런데 '삶=패배'를 이해하는 '비인칭의 목소리'란 무엇인가? 그것은 생겨나는 순간 곧바로 사라지는 덧없는 목소리, 단 하나의 목구멍 ─ 우리가 부적절하게 인격/인칭person이라 부르는 ─ 에서 터져 나오는 것이 아니라 인간의 말과 세계의 말 사이에서 울림과 메아리로서 희미하게 들리는 목소리, 결국 아무것도 아닌 목소리이다. 그러나 이 아무것도 아닌 목소리야말로 우리의 모든 말과 사유와 행동을, 요컨대 우리의 존재 자체를 틀 짓는 근원적인 조건이다. 우리가 별다른 고민 없이 일상 속에서 '언어'라고 부르는 것은 사실 이와 같은 아무것도 아닌 목소리에 붙여져야 할 이름이다. 끝이자 무(無)인 문학의 공간에 새겨져 있는 것이 다른 무엇이 아닌 '언어'라는 점은 의미심장하다. 언어는 우리 모두의 목소리이자 누구의 목소리도 아닌 '비인칭의 목소리'이다. 이 목소리는 언제나 이미 사라져가는 목소리, 덧없는 목소리이며, 때문에 문학의 공간에는 명예나 영광, 권력이나 권위 따위는 결코 있을 수 없다. 이 모든 것들은 덧없음Vergangenheit의 밝은 빛 아래에서는 도무지 살아 있을 수 없다. 명예와 영광, 권력과 권위는 모두 시간의 행진 대열 속에서만 간신히 연명할 수 있을 뿐이다. 다시 한 번 강조하건대, 문학은 아무것도 아니다. 이런 관점에서 문학의 정치를 본다면, 그것은 세속 정치의 불모성과 불가능성을 고발하는 광야의 외치는 소리와 같은 것일 수밖에 없다.

광야의 외치는 소리, 이것이 문학이다. 아프도록 아름답고, 경악할 만큼 위대한 문학작품들은 거의 예외 없이 고통의 극점과 부조리의 심연에서 태어났다는 사실이 그에 대한 명백한 증거이다. 어둡고 거친 광야에서 허공을 향해 울려 퍼지는 목소리. 고통과 부조리가 표현될 수 있는 통로가 이 목소리 외에 또 있겠는가. 고통의 대명사인 제3제국의 수용소에 갇혔던 자들이 보여준 '퇴행 현상'에 대해 코젤렉은 이렇게 쓰고 있다. "스스로의 죽음을 이미 초월한 마지막 퇴행 현상만이 도움이 되었다. 그때에만 죄수들은 거의 무너진 육체를 이끌고, 생존의 최소한의 기간을, 그러면서도 결정적인 기간을 얻었다. 죄수들에게 이러한 무시간성은 구원에 대한 꿈속에서 구원의 의미, 더 정확히 말해서 구제의 힘이었다. 경험적 자기의 포기는 강제수용소의 죄수와 감시병들 속에 자리잡고 있던 공포 체계에 대한 조용한 무기가 되었다. 계속해서 죽음이 더 나은 삶이고, 삶이 더 끔찍한 죽음으로 보이는 것은 무자비한 역전이었다. 구원에 관한 꿈속에서만 지옥은 시간의 밖에 있는 허구적 종말에 이르렀고, 이 종말을 통해 죄수들은 현실을 멈출 수 있었다."[8]

경험적 자기를 포기함으로써 현실을 멈춘다는 것. 살아 있는 것들이 살아서 움직이는 이 세속의 땅이 실로 죽음보다 더 끔찍한 곳이라는 사실을 있는 그대로 인정하는 것. 이것이 역설적으로 수용소 사람들에게 희망을 주었다. 기이하게도 절망이 곧 희망이 된 것이다. 절망과 희망이 같은 옷을 입은 한 몸이 되는 순간, 오로지 이곳에서만 '비인칭의 목소리'는 출현한다. 그러나 이것은 결코 전 세계가 아우슈비츠로 바뀌어야 문학이 존재할 수 있다는 뜻이 아니다. 이 말은 오히려 아우슈비츠의 잠재적 현존을 두려워하면서도, 아니 그 두려움 때문에 경쟁적으로 군비를 증강하고 더욱더 파괴적인 대량 살상 무기 개발에 힘을 쏟는 인류의 이른바 '진보'야

8) 라인하르트 코젤렉, 『지나간 미래』, 한철 옮김, 문학동네, 1998, p. 325.

말로 최악의 아우슈비츠보다 더 나쁜 상황을 초래할 수 있다는 뜻이다. 그러니까 문학의 정치란 저 진보의 열차가 달리는 선로를 철거하는 것이다. 이 철거의 방법은 기괴하고 기발하다. 경험적 자기를 포기함으로써 현실을 멈추는 것. 그리고 이를 통해 '비인칭의 목소리'가 출현하게 만드는 것. 이것이 문학의 방법이고 문학의 힘이다. 문학, 다시 말해 현실 철거 작업반.

아무것도 강요하지 않으면서 다만 가볍고 유쾌하게 경험적 자기를 포기하고 현실을 철거할 수 있다는 것을 보여주는 작품들이 있다. 가령 이장욱의 단편소설 「변희봉」[9]과 박성원의 「논리에 대하여」[10]가 그렇다. 세속과 일상의 인식 지평에서 보자면 불행의 밑바닥에서 허우적거리는 인물 '만기'의 이야기를 담고 있는 「변희봉」은 알론소 키하다의 '삶=실패'에 관한 이야기 『돈키호테』에 비견될 만하다. 작중 화자는 비가 흩뿌리는 어느 날 저녁 (이제는 사라진) 동대문운동장 근처 포장마차에서 고향 친구 만기와 소주잔을 기울이고 있다. (두 사람의 고향은 경상도이며, 그래서 그들은 '변희봉'을 '밴히봉'이라 발음한다. 뒤에서 보겠지만, 이러한 설정은 이소설의 뛰어난 구성에 상응하여 기막힌 효과를 발휘한다.) 서사는, 어느 날 갑자기 연극배우가 되기로 결심한 만기의 회고담과 그 이야기를 들으며 롯데와 SK의 야구 경기 중계를 힐끗거리는 화자의 서술이 중첩되어 진행된다. 감당하기 힘든 빚을 남긴 채 병실에 누워 투병하다 숨을 거둔 아버지에 대한 이야기와 일본으로 건너가

---

9) 이장욱, 『고백의 제방』, 창비, 2010. 이하 본문 인용은 쪽수만.
10) 박성원, 『도시는 무엇으로 이루어지는가』, 문학동네, 2009. 이하 본문 인용은 쪽수만.

오르골을 만들면서 여생을 보내겠다며 떠나버린 아내에 대한 이야기가 배음(背音)으로 깔리는 가운데 주조음으로서 '변희봉/밴히봉' 이야기가 펼쳐진다. 어느 날 밤 술에 취한 만기는 지하철역에서 '대배우' 변희봉/밴히봉 선생을 만난다. 변희봉/밴히봉 선생을 만났다는 기쁨에 "만기는 두근거리는 가슴을 안고 다시 계단을 뛰어올라갔다고 한다." "내가 밴히봉 선생 같은 유명인사를 본 건 그기 처음인 기라. 그런 유명한 배우를 바로 앞에서 만났다꼬 생각해봐라(p. 52)." 그러나 문제는 만기의 인식 지평이 화자인 '나'를 포함한 소설 속 세계의 다른 모든 사람들의 그것과 완전히 어긋난다는 데서 시작된다. 즉 만기를 제외한 다른 모든 인물들은 '대배우 밴히봉 선생'을 전혀 모르는 것이다.

　—니, 쫌 잘못 알고 있는갑네. 그런 배우가 다 있나?
　나는 나무젓가락으로 산낙지를 집으며 말도 안 된다는 표정을 지어 보였다. 봉준호의 영화라면 주연뿐 아니라 조연배우들 이름까지 읊어댈 수 있는 나로서는 당연한 반응이었다. 만기는 변희봉이라는 사람이 「플란다스의 개」에서 경비원 역을 한 배우라고 했지만 그 역을 한 사람은 분명 장항선이었다. 또 「괴물」에서 송강호의 아버지 역으로 나온 배우 역시 만기가 말한 변 뭐라는 배우가 아니라 김인문이었다. 희극과 비극을 절묘하게 뒤섞은 김인문의 연기가 탁월했기 때문에 정확하게 기억하고 있다. (p. 51)

소설 안에서 '일반적'이고 '상식적'인 것으로 여겨지는 것은 화자의 인식이다. 그래서 심지어 방송작가인 만기의 아내마저도 대배우 '밴히봉'을 알지 못한다. 그리고 소설 속 인물들의 이러한 인식 지평은 '변희봉'을 아는 (소설 바깥의 실제) 독자들의 그것과 정면으로 충돌하면서 모종의 긴장감을 산출한다. 한편 사람들의 무지와 무반응에 굴하지 않은 만기는 지하철역에 이어 시장의 좌판에서 또다시 밴히봉 선생을 만난다. 능숙하게 생선을 손질하는 선생의 모습에 만기는 깊은 감동을 받는다. 그러나 마지막으로 선생을 만난 장소인 결혼식장에서는 선생을 알아보지 못하는 사람들의 무지를 더 이상 용인하지 못했고, 그리하여 결국 만기는 버럭 화를 내고 만다.

　　밴히봉 선생 같은 대배우가, 주례를 서고 수고비를 받아? 지금 그걸 말이라고 합니꺼?
　　사회자는 주춤주춤 뒤로 물러서며 만기를 바라보았다. 만기의 눈에 돋은 핏발을 본 모양이었다. 일마가, 일마가, 지금 머라 카노? 밴히봉 같은 대배우가 주례를 서고 수고비를 받다니 말이 되나? 만기는 화가 풀리지 않았다. 황당해하는 사회자의 표정이 만기를 더 자극했다. 일마야, 이 상놈의 새끼야, 니가 밴히봉 선생을 욕보이나? 응? (p. 62)

이상에서 확인할 수 있듯이 만기는 21세기 한국 소설에 부활한 돈키호테라 할 만한 인물이다. 세상 사람들의 그것과는 판연히 다른 인식과 가치 체계를 가진 만기는 가히 종교적 신념이라 불러도 좋을 만한 열정으로 '밴히봉' 선생을 숭앙한다. 주의할 것은 만기의 '밴히봉'이 우리 독자들이 아는 '변희봉'과 동일 인물일 수 없다는 점이다. 왜냐하면 만기는 돈키호테이고, '밴히봉' 선생은 그의 둘시네아이기 때문이다. 감히 말하건대, 이들의 관계는 유일무이한 문학의 공간을 감싸는 아우라를 뿜어내고 있다. 나아가 작가는 만기의 이런 엉뚱한 모습이 전혀 비개연적인 것이 아님을 보여주기 위해 또 하나의 설정을 마련해놓았는데, 그것은 다름 아니라 만기의 직업이 '연극배우'라는 사실이다. 말하자면 만기는 세상이라는 무대를 살아가는 연극적 인물(돈키호테!)인 셈이다. 그러나 만기의 직업이 처음부터 연극배우였던 것은 아니다. 만기는 어느 날 갑자기 연극을 하기로 결심한다. 입센의 연극 「인형의 집」을 본 뒤에 굳히게 된 결심이었다. 그를 연극의 세계로 밀어 넣은 것은 다음과 같은 대사 한마디였다. "인생은 왜 빛이며 죽음은 왜 어둠인가. 삶은 오히려 어둠의 편에서 오는 것은 아닌가(p. 73)." 어둠의 편에서 오는 삶을 좋아한 만기가 좋아한 일 또한 어두운 것이었다.

그래도 만기에게 위안이 되는 역할이 있긴 했다. 막이 바뀌는 동안 캄캄한 무대 위에 세트를 설치하는 일이었다. 소품들의 위치를 정확하게 외우고 이동선을 계산해서 움직여야 했다. 바닥에 붙여둔 야광 스티커 몇 개가 희끄무레하게 붙어 있는 캄캄한 무대 위에서 만기는 배경과 소품을 바꾸어 다른 공간을 만들어냈다. 말하자면 아무도 볼 수 없는, 보여서는 안 되는, 그런 역할이었다. 만기는 묘하게도 그게 좋았다. (p. 54)

아무도 볼 수 없는, 아무에게도 보여서는 안 되는, 그런 역할. 이것이 만기의 삶이고 만기의 실패이다. 만기에게 내일은 없다. 미래가 없는 만기의 '삶=실패'는 다음과 같은 물음, 절망과 희망을 동시에 품고 있는 한마디로 집약된다. "니, 밴, 희봉이라고 알제?(p. 63)" 그리고 이 한마디는 단 한 명의 예외적인 인물에게서 메아리를 듣게 된다. 그 인물은 만기의 아버지인데, 투병 기간 내내 거의 의식이 없던 그의 아버지는 숨이 멎는 순간 만기에게 다음과 같이 물었던 것이다. "만기야⋯⋯니 밴⋯⋯희봉이라고⋯⋯아나?(p. 76)" 그러니까 숨겨진 돈키호테의 계보가 존재하고 있었던 셈이다! 그리고 소설 속에서 이러한 돈키호테의 계보는 작가에 의해 '대가리에 쪼매 구멍이 난 것'—만기 아버지의 병은 뇌 신경세포의 문제로 인해 생긴 것으로 서술된다—으로 형상화된다. 나아가 이러한 '머릿속 구멍'이라는 이미지는 작품 속에 엠블럼처럼 새겨넣어진 야구 이야기와 절묘하게 호응한다. "연장 11회 말 2사 주자 만루 상황"에서 마지막 찬스를 잡은 롯데 팀의 타자가 때린 공은 사람들의 시선과 경기장의 조명 불빛과 일직선을 이루어 감쪽같이 사라져버린다. 마치 머릿속에 조그만 구멍을 내려는 듯 말이다. 홈런이라 기대됐던 공에 파울 선언이 내려지자 '나'는 흥분해서 소리친다. "그기, 그기, 우째 파울이고. 응? 심판 미쳤나?(p. 71)" 대배우 밴히봉 선생을 모르는 사람들을 향해 소리쳤던 만기처럼. 그러나 정말로 절묘한 장면이 펼쳐지는 것은 지금부터다. 만기 아버지의 마지막 한마디에 대해 들은 '나'는 만기와 함께 포장마차를 나서는데, 그 순간 그들 앞으로 야구공이 날아온다. 그들이 있던 곳은 동대문운동장 근처였지만, 야구 경기는 분명 잠실야구장에서 벌어졌을 것이다. 그런데 텔레비전 속에서 사라졌던 바로 그 공이 마치 마법처럼 그들 앞에 툭 떨어진 것이다.

—이기, 웬 공이고?

　야구공은 우리 쪽으로 굴러오더니 우리의 발 앞에서 정지했다. 보도블록이 깨져 생긴 작은 진창에 빠진 것이다. 우리는 야밤에 길바닥에 떨어진 야구공을 물끄러미 바라보다가 서로를 마주보았다. 그리고 당연하다는 듯이 공이 날아온 방향의 하늘로 고개를 돌렸다. 밤하늘에는 아무것도 보이지 않았다. 의류상가 쪽에서 몰려온 불빛들이 동대문운동장 상공에 어지럽게 뒤엉켜 있을 뿐이었다.

　—뭐고?

　내가 멍청하게 중얼거렸다. 동대문운동장이 있던 자리는 텅 비어 있었다. 거대한 구덩이가 파인 채 공사중 안내문이 비에 젖고 있을 뿐이었다. (pp. 76~77)

　어둠의 저편에서 날아와 진창 속에 빠진 야구공. 이것은 만기가 믿었던바 '어둠의 편에서 오는 삶' 그것이 아니겠는가? 그러니까 이 야구공은 끝까지 만기의 말을 믿지 않았던 세상 사람 '나'에 맞서 만기의 믿음이 내놓은 움직일 수 없는 증거인 셈이다. 대배우 '밴히봉' 선생에 대한 증거이자 문학=비인칭의 목소리에 대한 증거. 분명 홈런이었을 이 공은 그러나 파울로 판정받았고, 결국에는 그저 길바닥을 뒹굴다가 진창에 빠졌을 따름이다. 그렇지만 이 공은 만기(와 그의 아버지)의 머릿속에 구멍을 냈고, 바로 이 구멍 덕분에 만기는 경험적 자기를 포기하고 현실의 선로를 철거한 21세기 한국의 돈키호테가 될 수 있었던 것이다.

한편 「논리에 대하여」라는, 간결하고 적확하면서도 또한 파괴적인 제목의 단편 역시 모종의 실패를 그리고 있는 소설이다. 이 이야기는 기묘하게도 그리고 의미심장하게도 "내 개인적인 생각이나 견해 따위는 없다(p. 157)."라고 말하는 화자에 의해서 서술된다. 이야기는 이렇다. 아내 몰래 다른 여자와 바람을 피던 화자의 친구는 어느 날 자신의 내연녀가 사는 집을 몰래 살펴보기로 결심한다. 짜릿하고 자극적이면서도 편안한 여행/탐험을 꿈꾸었던 그는 그러나 예기치 않은 손님들을 맞이하면서 막다른 궁지에 몰려 결국에는 살인 혐의를 받고 감옥에 갇히는 신세로 전락한다. 내연녀의 사는 모습을 살펴보려 했던 그의 계획이 실패로 돌아가게 된 것은 비에 홀딱 젖은 낯선 여자에게 문을 열어주었기 때문이다. 우연히 만난 여자의 몸을 보고서 묘한 쾌감과 짜릿한 흥분을 예감하던 그에게 날벼락이 떨어진다. 비에 젖은 여인─그녀의 이름은 미숙이다─을 뒤쫓아 건장한 체구의 한 남성이 집으로 들이닥쳤기 때문이다. 벽돌 같은 얼굴에 떡 벌어진 어깨를 가진 이 남자는 심지어 손에 손도끼까지 들고 있다. 남자는 '미숙이는 내 꿈이자 신념'이라고 말하며 화자의 친구에게 그 낯선 여인과의 관계를 추궁한다. 어처구니없는 상황에 처해서도 이성과 논리를 강조하며 차근차근 사정을 설명하려는 친구의 시도는 그러나 번번이 좌초되고, 그럴수록 손도끼를 든 남자의 이야기는 점점 더 강력한 논리와 타당성을 갖춰나간다. 막다른 골목에 내몰린 친구는 속으로 이렇게 생각한다.

세상은 미친놈투성이다. 남의 말을 듣지 않고, 사실을 객관적으로 이해하지 않고, 자기만의 착각과 세뇌에 빠져 폭력과 욕설과 배설만 일삼는, 세상은 미친놈투성이다. 세상 사는 게 힘든 이유는 바로 미친놈들과 함께 여행을 해야 하기 때문이다. (p. 187)

소설을 재빨리, 그러니까 표피적으로만 읽는 독자에게는 아마 친구의 논리와 남자의 논리가 부딪치며 충돌하는 양상만 보일 것이다. 그러나 천천히 숙고하며 읽는 독자에게는 아마도 다음과 같은 사태가 머릿속에 그려질 것이다. 즉 친구가 화자에게 전하는 이야기야말로 세상 사람들에게 '별 미친놈의 이야기를 다 듣는구만' 하는 반응을 자아낼 법한 것이라는 사실. 게다가 이 소설은 주의 깊은 독자에게 더없이 즐거운 소설적 수수께끼를 던져주는데, 그것은 아래의 진술에서 발견 된다.

친구의 말로는 그녀에겐 친구 말고도 다른 남자들이 있다는 것이었다. 그중에 한 무식한 남자가 있는데, 그 무식한 남자는 그녀에게 그녀는 자신의 꿈이자 신념이라고 고백했다고 했다. 친구는 그 말을 듣고 웃었다. 그러자 그녀는 친구에게 그 남자는 꿈이라고 말했는데 친구에게 있어 자신은 뭔지 물었다. 친구는 꿈이 아니라 현실이라고 말했다고 했다. (p. 163)

이 진술은 화자의 친구가 내연녀의 집으로 여행을 떠나기 전에 제시된 것이다. 친구가 내연녀의 집에서 만난 두 남녀는 분명 그가 알지 못하는 낯선 사람들이었다. 그러나 이상하게도 손도끼를 든 남자의 추궁이 계속될수록 친구와 미숙이의 관계는 (처음 본 사이

임에도 불구하고!) 불륜 관계라는 사실이 확증되는 방향으로 이야기가 진행된다. 게다가 위에서 보았듯이 손도끼를 든 남자로부터 꿈이자 신념으로 숭앙받는 미숙이가 그랬던 것처럼 친구의 내연녀역시 '손도끼를 들 법한' 무식한 남자로부터 '당신은 나의 꿈이자신념'이라는 고백을 들었다. 여기서 우리는, 도끼 같은 상상력이허술한 현실의 조그마한 그러나 결정적인 빈틈을 찍고 헤집어 마침내 거대한 심연으로 벌려놓는 장면을 목도하게 된다.

자신은 무엇인지 묻는 내연녀에게 친구는 현실이라고 답했다.이렇게 볼 때, 대체로 이 소설은 손도끼 사내가 내세우는 '꿈-논리'와 화자의 친구가 가진 '현실-논리'가 대립하는 양상으로 진행된다고 볼 수 있다. 꿈-논리를 펼치는 손도끼 사내는 거듭해서 '배운 놈'들을 비난하면서 이성이나 진실 따위를 내세우는 그들이 사실은 거짓과 위선으로 가득 차 있다고 말한다. 게다가 그의 주장은일관된 논리로 완벽히 무장되어 있다. 반면 '배운 놈'인 친구의 주장은 계속해서 이성과 진실, 사실과 설명을 강조함에도 불구하고궁색한 변명과 모순투성이의 진술로 뒤엉킨다. 그런데 이처럼 현실-논리를 내세우는 친구의 주장이 형편없는 모습으로 전락하게될 것임은 이미 소설의 앞부분에 예고되어 있었다. 소설 첫머리에,처음 만난 화자 앞에서 친구의 아내인 척 연기를 했던 내연녀에게화를 내는 친구의 모습을 보자.

친구의 말로는 나와 헤어진 후 그는 그녀를 어느 건물 안으로 밀어넣었다고 했다. 친구는 그녀와 만난 이후로 그날 처음으로 화를 냈다고 했다. 친구는 손을 올려 때리는 시늉까지 하고 싶었지만 그 정도까진 하지 않았다고 했다. 대신 화가 무척 났으며, 그녀의 수작은 전혀 재미가 없음을 경고했다고 했다. 건물 안의 어둠 속에서도 그녀의 얼굴은 희고 또렷하게 보였고, 그가 보여주려던 위엄이 오히려 어둠 속으로 빨려들어가 그 형체도 찾을 수 없었다고 했다. (p. 160)

어둠 속에서도 희고 또렷하게 빛나던 그녀의 얼굴. 이것은 어둠의 저편에서 날아온 하얀 야구공을 떠올리게 하지 않는가. 그러니까 그녀의 얼굴—혹시 미숙이는 그녀의 분신이 아닐까?—은 현실을 멈추게 만드는 문학-비인칭의 목소리와 같은 것이 아닌가 말이다. 일관되게 현실의 우위를 주장하는 친구의 논리는 어둠 속에서도 빛나는 그녀의 얼굴과 무식하지만 꿈과 신념을 가진 남자의 손도끼에 의해 산산조각나고 만다. 수용소의 사람들이 절망과 희망을 둘이 아닌 하나로 인식함으로써 경험적 자기를 포기하고 현실을 멈추게 만들었던 것을 상기하자. 현실의 사실들과 그 사실들을 직조하는 논리는 언제나 설명 가능한 것으로 언표되고 그렇게 언표됨으로써 진짜처럼 믿어진다. 그러나 현실의 사실과 현실의 논리는 어둠 속에서 하얀 얼굴 하나가 뿜어내는 작은 빛만으로도 쉽사리 허물어질 만큼 조야하고 빈약하다. 이 작품의 마지막 장면은 저 친구의 현실-논리가 한층 더 밝아진 그녀의 얼굴빛에 의해 산산이 부서지는 모습을 확실히 보여주고 있다. 문학은 현실을 멈추게 한다. 그리고 그것이 문학의 정치다.

눈을 감았지만 온통 눈앞이 새하얗게 변해 있었다. 도끼날이 화장실 타일에 가서 부딪히며 깨지는 소리가 났다. 하지만 그는 눈을 뜨지 않았다. 너무나 새하얘서 도저히 눈을 뜰 수 없었다. 눈알이 아려 왔다. 비명과 욕설이 터졌고 다시 둔탁한 소리와 함께 뭔가 깨지는 소리가 났다. 눈을 감았는데도 어떻게 세상이 온통 환할 수 있는지 그는 알 수 없었다. 빛이 보기 싫어 눈을 감아도 빛은 뚫어져라 쳐들 어왔다. (p. 195)

4. 세계정치Weltpolitik의 시간

점점 빨라지는 현실의 행진 속도에 적응해가는 사람들의 조급 함을 뿌리 뽑으려 무던히 애를 썼던 카프카. 더할 수 없이 깊고 어 두운 절망이야말로 오히려 구원의 희망임을 몸소 보여주었던 그가 '행복'에 대해 이렇게 적었다.

이론상으로는 완전한 행복의 가능성이 존재한다. 그것은 바로 자 기 안에 있는 불멸의 것을 믿으면서 그것을 얻으려 애쓰지 않는 것 이다.[11]

카프카와 마찬가지로 우주적 연대기 속에서 사유하기를 멈추지 않았던 발터 벤야민 역시 '행복'에 대해 말했다.

세속적인 것의 질서는 행복의 이념에 정향해야 한다. 〔……〕 왜

---

11) 프란츠 카프카, 같은 책, p. 446.

냐하면 모든 지상의 존재는 행복 속에서 자신의 몰락을 추구하며, 그러면서 행복 속에서만 그 지상의 존재는 그 몰락을 발견하도록 예정되어 있기 때문이다.[12]

역설을 즐겼을 뿐 아니라 스스로 역설의 형상figure이 되기를 주저하지 않았던 두 천재의 행복론은 우리에게 문학의 공간을 여는 열쇠를 던져준다. 그것을 범박하고 헐거운 언어로 표현하는 것은 불가능할뿐더러, 설령 가능하다 해도 그것은 죄악에 가까운 일일 것 같다. 지상의 존재인 우리에게 마지막 어휘란 있을 수 없으며, 모든 수수께끼는 인간이 제시하는 답을 위해 마련된 것이 아니다. 수수께끼가 인간에게 요구하는 것은 답이 아니라 겸손한 성찰이며, 그러한 겸손과 성찰 속에서만 수수께끼는 돌연 빛나는 한 순간이 되어 어두운 삶의 길을 비춰줄 수 있다. 아니, 더 정확히 말해 겸손하게 엎드린 자의 성찰이야말로 어두운 삶의 수수께끼 그 자체가 되는 것이다. 바로 이 지점에서, 오로지 이곳에서만 절망은 희망과 한 몸이 되며, 수수께끼는 답과 나뉘지 않고 그 자체로 물음이자 동시에 답인 신비로 거듭나게 된다.

삶이 죽음보다 더 어두운 것이라는 역설을 인식한 자는 현실 속을 살아가는 경험적 자기를 포기할 수 있다. 그리고 경험적 자기를 포기한 자는 현실을 멈춰 세울 수 있다. 현실을 멈춘다는 것. 이것은 최악의 질병인 '조급함'을 치료할 수 있는 유일한 방법이다. 현

---

12) 발터 벤야민, 『역사의 개념에 대하여/폭력 비판을 위하여/초현실주의 외』, 최성만 옮김, 길, 2008, pp. 130~31.

실을 멈춘다는 것, 이것은 매 순간이 그 말의 가장 본래적인 의미에서 '끝'이며, 따라서 미래는 없다는 사실을 온몸으로 받아들인다는 것을 뜻한다. 기억해야 할 것은, 이러한 태도는 반성 없는 허무주의나 교만한 냉소주의와는 전혀 반대라는 사실이다. 벤야민이 '세계정치로서의 허무주의Weltpolitik als Nihilismus'라 부른 이것은 어두운 삶을 그 자체로 사랑할 것을 가르친다는 점에서 가장 깊은 현실주의와 한 몸을 이룬 역설적인 허무주의이다. 그리고 우리가 '문학'이라는 이름으로 불러야 할 것도 바로 이와 같은 허무주의 아닌 허무주의이다.

우리는 이 역설적인 이름 '문학'을 '비인칭의 묵시록the apocalypse of non-person'이라고 부를 수 있을 것이다. 비인칭의 묵시록, 이것은 코젤렉이 들려줬던 저 수용소 사람들의 '퇴행 현상'에 아주 가까이 서 있다. 그리고 바로 이 퇴행 현상의 묵시록을 누구보다도 잘 이해했던 사람은 바로 카프카였다. 그가 견딘 세월은 우주적 연대기였고, 그가 버틴 시간은 세계정치의 시간이었다. 그런 고로 그의 삶은 한결같이 '뒷걸음질'로만 나아가는 것이었고, 그에게 내려진 삶의 심판은 모두 '즉결심판'이었다. 미래가 없었으므로, 카프카에게 '최후의 심판' 따위는 존재하지 않았다. 그는 조급함을 벗어던진 최초의 인간이었다.

네가 평지를 걷고 있고, 가고자 하는 훌륭한 의지를 지니고 있음에도 불구하고 뒷걸음질만 치게 된다면, 그것은 절망적인 일이다. 그러나 너는 가파른 비탈, 그러니까 [뒷사람에게] 네 발바닥이 보일 만큼 그렇게 가파른 비탈을 기어오르고 있으므로, 뒷걸음질은 그저

지형 탓일 수 있다. 그러니 절망할 필요는 없다.[13]

13) 프란츠 카프카, 같은 책, p. 422.

역사의 역사
―김승옥과 프루스트적 웃음

낡아 빠진 이 세상에, 모든 것이 몰락하는 이 세상에,
그런 세상보다 더 완전하고 강하게 파괴되는 어떤 것이 존재한다.
그것은 바로 슬픔이다.
— 마르셀 프루스트

1.

무엇이 바뀌었을까?

아무것도.

다시 한 번, 무엇이 바뀌었을까?

모든 것이!

2.

세상보다 더 완전하고 강하게, 슬픔을 파괴하는 것은 무엇일까?
그것은 웃음이다. 그리고 웃음이 슬픔을 파괴하는 장면은 근대에
고유한 것이다. 그런데 웃음은 어떻게 슬픔을 파괴하는 것일까?
슬픔의 긴장을 돌연 허물어버림으로써.

19세기 프랑스의 한 철학자는 이렇게 적었다. "삶이나 사회가
우리들 각자에게 요구하는 것은 현재 상황의 우여곡절을 분간하는

끊임없이 각성된 주의, 나아가서 그러한 우여곡절에 적응하게끔 하는 신체와 정신의 유연성이다. 긴장과 유연성, 이것이야말로 삶을 가능케 하는 상보적인 두 힘이다."[1] 그리고 "웃음은 그것이 일으키는 불안감으로 여러 종류의 중심 이탈 작용을 제어하고, 자칫하면 유리되고 마비되기 쉬운 자잘한 우리의 일상적 행동들을 끊임없이 각성시켜 서로 조화를 이루도록 하는 것이니, 이것은 결국 기계적인 경직성으로서 사회 질서의 표층에 남아 있는 모든 것을 유순케 하는 것이다. 따라서 웃음은 순수 미학의 소산이 아닌바, 그 이유는 웃음은 넓은 의미에 있어서의 개선이라고 하는 유용성을 추구하고 있기 때문이다(이러한 추구는 무의식적으로, 그리고 많은 구체적 경우에 있어서 부도덕적인 방식으로 이루어진다)."[2] 이것은 베르그손이 생각한 웃음이다. 그의 웃음은 사회를 개선하는 방향으로 나아가면서 강박적 슬픔을 해체한다. 그러나 이것은 어디까지나 가상적 해체에 지나지 않는다. 베르그손의 웃음은 세계 비참의 표면을 건드릴 뿐, 결코 그 내면으로 침투하지 못한다.

3.

웃음으로 슬픔을 해체하는 것은 종말을 연습하는 것이다. 따라서 가장 깊은 차원에서 고찰하자면, 근대는 오직 종말로서만 존립할 수 있다. 여기서 해체되는 슬픔은 기계적인 경직성으로 마비된 것이 아니라, 사물 세계의 무언성(無言性)을 직접적으로 증거하는

---

1) 앙리 베르그손, 『웃음─희극의 의미에 관한 시론』, 김진성 옮김, 종로서적, 1989 (1983), p. 13.
2) 같은 책, pp. 14~15.

슬픔이다. 마찬가지로 여기서 해체하는 웃음은 유용성을 추구함으로써 사회를 바꾸려는 지향을 가진 웃음이 아니라, 모든 것을 바꾸는 동시에 아무것도 바꾸지 않는 프루스트적 웃음이다. 프루스트는 "웃음 속에서 세계를 지양하는 것이 아니라 웃음 속에서 세계를 내팽개치고 있는 것이다. 이러한 웃음 속에서 세계가 산산조각 나는 위험에도 불구하고 그는 그 자신이 만든 이 조각들 앞에서 울음을 터뜨리는 것이다."[3] 그러나 위험에도 '불구하고'는 아닐 것이다. 오히려 그 위험 '덕분에' 그렇다고 말해야 한다. 그리고 이 순간 웃음과 울음은 하나로 수렴되어 서로 구분되지 않는다. 다시 말해 프루스트에게서 웃음은 울음으로 변해가면서 스스로를 해체하는 무엇이다.

4.

프루스트적 웃음. 이것으로 세계는 바뀐다. 아니, 내팽개쳐진다.

프루스트적 오열. 이것으로 세계는 산산조각 난다. 모든 것이 바뀐다!

5.

김승옥 단편소설 「역사(力士)」[4]는 세계를 내팽개친 프루스트의 웃음과 눈물을 가장 강력하게 압축해놓은, 말하자면 최상 등급의 캡슐과도 같은 작품이다. 「역사」의 공간적 배경은 서울인데, 이 도

---

3) 발터 벤야민, 『발터 벤야민의 문예이론』, 반성완 옮김, 민음사, 1992, p. 108.
4) 김승옥, 『무진기행』(김승옥 소설 전집 1), 문학동네, 2004. 이하 본문 인용은 쪽수만.

시에는 두 개의 서로 다른 거주지, 두 개의 서로 다른 풍경, 그리고 두 개의 서로 다른 생활 방식이 존재한다. 「역사」는 이와 같은 대립쌍들 사이를 진자 운동하면서 전개되는 액자형 소설이다. 직접 목격한 그러나 꿈처럼 느껴지는 일을 서술하는 속 이야기의 화자와 이 서술을 듣고 그대로 옮기는, 한결 현실 감각에 충실한 또다른 화자가 등장한다. 바로 이 두번째 화자 덕분에 소설은 건조한 보고 형식을 획득하지만, 그럼에도 불구하고 첫번째 화자가 풀어놓는 이야기에 내재한 강렬한 연극성Theatralität 때문에 이 형식은 그다지 견고한 상태를 유지하지 못한다. 그러나 이 소설에서 중요한 것은 형식에 대한 고찰이 아니다. 좀더 본질적으로 중요한 점은 이런 것이다. 즉 두번째 화자는 첫번째 화자의 이야기를 선뜻 믿지 못함에도 불구하고 그의 이야기로 인해 지금껏 안전하게 간직해온 현실 감각을 상실할 위험에 처한다는 사실. 이 소설의 문(門)이 두번째 화자의 아래 진술과 함께 닫힌다는 사실은, 이 작품이 피상적 형식의 차원에 집중하는 것이 아니라 더 깊은 차원에서 현실과의 긴장 관계 혹은 대결 관계를 구축함으로써 궁극적으로 모종의 파괴적인 실천을 지향하는 것임을 암시한다. "알 수 있는 것은 다만, 그 젊은이가 보았다는 두 가지 생활이 사실 바로 내 곁에 공존하고 있다고 하면 나도 좀 멍청해져버리지 않을 수 없으리라는 느낌뿐이었다(pp. 112~13)." 멍청해진다는 것. 이것은 프루스트적 웃음을 위한 필수조건이다.

6.
「역사」의 핵심 사건(혹은 장면)은 다음과 같다.

이윽고 서 씨의 몸은 성벽의 저 너머로 사라져버렸다. 그리고 잠시 후에 나는 더욱 놀라운 광경을 보게 되었다. 서 씨가 성벽 위에 몸을 나타내고 그리고 성벽을 이루고 있는 커다란 금고만 한 돌덩이를 그의 한 손에 하나씩 집어서 번쩍 자기 머리 위로 치켜올린 것이었다. 지렛대나 도르래를 사용하지 않고서는 혹은 여러 사람이 달라붙지 않고서는 들어올릴 수 없는 무게를 가진 돌을 그는 맨손으로 들어올린 것이었다. 그는 나에게 보라는 듯이 자기가 들고 서 있는 돌을 여러 차례 흔들어 보이고 나서 방금 그 돌들이 있던 자리를 서로 바꾸어서 그 돌들을 곱게 내려놓았다. (p. 103)

7.

무슨 일이 일어났는가? 아무 일도. 다시 한 번, 무슨 일이 일어났는가? 우주적 사건이! 모든 것과 무(無)를 한꺼번에 뒤집어엎는 전대미문의 사건이……

8.

이 우주적 사건에 대한 해명을 첫번째 화자의 입을 통해서 들어보기로 하자. 여기서 놓치지 말아야 할 사실은 그가 연극(학)을 전공하는 학생이라는 점이다(이 사실이 중요한 까닭은 뒤에 가서 밝혀질 것이다).

대낮에 서 씨가, 동대문의 바로 곁에 서서 행인들 중 누구 한 사람도 성벽을 이루고 있는 돌 한 개의 위치 변화에 관심을 보내지 않고 지나다닐 때, 옮겨진 돌을 바라보며 빙그레 웃고 있는 그의 모습을 나는 쉽게 상상할 수 있었다. 그것이 서 씨가 간직하고 있는 자기였고 내가 그와 접촉하면 할수록 빨려들어갈 수 있었던 깊이였던 모양이다. (p. 105)

서 씨의 깊이에 빨려들어간 화자는 어떠한 상태에 있을까? 그것은 아마도 멍청해진 상태가 아닐까?

9.

서 씨가 가진 깊이를 직접적으로 설명하는 것은 불가능하다. 우리는 그것에 대비되는 것이 무엇인지를 살펴봄으로써 단지 간접적으로만 거기에 접근할 수 있을 뿐이다. 서 씨의 깊이에 대비되는 것은 무엇인가? 다시 말해 서 씨의 미소가 폭파하는 것은 어떤 세계인가? 그것은 '종교로서의 자본주의'가 지배하는 죄의 세계이다. "자본주의는 추측컨대 죄를 씻지 않고 오히려 죄를 지우는 제의의 첫 케이스이다. 이 점에서 이 종교 체제는 엄청난 운동의 추락 과정 속에 있다. 죄를 씻을 줄 모르는 엄청난 죄의식은 제의를 찾아 그 제의 속에서 그 죄를 씻기보다 오히려 죄를 보편화하려고 하며, 의식(意識)에 그 죄를 두들겨 박고 결국에는 무엇보다 신 자신을 이 죄 속에 끌어들임으로써 신 자신도 속죄에 관심을 갖도록 만든다."[5]

---

5) 발터 벤야민, 『역사의 개념에 대하여·폭력 비판을 위하여·초현실주의 외』, p. 122.

10.

물론 자본주의교(資本主義敎) 이전에도 죄(와 속죄)는 존재했다. 그러나 그 세계들에서 죄와 속죄의 사이클은 제각기 나름의 균형과 안정성을 확보하고 있었다. 반면에 자본주의교는 저 원환을 일직선으로 교체함으로써 성립한 것이다. 어떤 세계든 죄를 짓는 것이 불가피하다면, 필요한 것은 적당한 시기에, 합당한 장소에서, 그리고 적합한 방법으로 그 죄를 씻는 것일 터이다. 세계의 거의 모든 종교가 이 구조를 토대로 삼고 있으며, 더 나아가 우리는 이 구조를 거부하는 [민족] 종교는 [보편] 종교로 성립할 수 없다고까지 말할 수도 있다. 그러나 놀랍게도 자본주의교는 바로 이 구조와 대결하면서 성립·성장한 종교이다. 다시 말해 자본주의(교)는 죄와 속죄의 원환을 죄와 축죄(築罪)의 무한한 상승 직선으로 대체했다. 이제 죄는 지워지지 않고 오로지 하늘을 향해 끝없이 쌓여가기만 하게 되었다.

11.

속죄란 본디 제의ritual와 연결된 것이다. 죄를 씻어내기 위해서는 극도의 집중력(혹은 정성)을 들여 제의를 치러야 한다. 제의가 성사(聖事, sacrament)라는 다른 말로도 불린 것은 우연이 아니다. 제의는 근본적으로 낡은 세계를 폐기하고 새로운 세계를 열어젖히는 우주적 사건의 상징이다.

12.

바로 이와 같은 제의가 자본주의교에는 존재하지 않는다. "자본주의는 추측컨대 죄를 씻지 않고 오히려 죄를 지우는 제의의 첫 케이스이다."[6] 제의의 전복, 제의의 오염, 그리고 제의의 무화(無化).

13.

자본주의교는 자신을 믿는 모든 인간에게 죄를 선물한다. 이 선물은 거절할 수 없고, 처리할 수 없으며, 폐기하거나 잊어버릴 수도 없는, 그리고 무엇보다 응대할/되갚을 수조차 없는, 무시무시한 절대적인 선물이다. 이제 인간은 죄를 짓고, 또 죄를 받는다. 여기에 탈출구는 없다. 죄와 함께 사는 인간에게는 오직 하나의 감정적 상태, 즉 걱정이라는 감정 상태만이 허락된다. "걱정들Die Sorgen은 자본주의 시대에 고유한 정신병이다. 빈곤, 떠돌이-걸인-탁발 승적 행각에서 정신적(물질적이 아닌) 탈출구 없음. 그처럼 탈출할 길이 없는 상태는 죄를 지우는 상태이다. '걱정들'은 이 탈출구 없음의 죄의식을 나타내는 지표다. '걱정들'은 개인적이고 물질적인 차원에서가 아니라 공동체 차원에서 탈출구를 찾지 못한다는 불안에서 생겨난다."[7]

14.

서 씨의 우주적 연극을 목도한 속 이야기의 화자는 얼마 후 깔끔하고 부유한 양옥집으로 이사한다. 그리고 그곳에서 그는 하나의 어처구니없는 연극, 즉 '걱정'이 상연되는 연극을 보게 된다.

6) 같은 곳.
7) 같은 책, p. 125.

이 가족의 계획성 있는 움직임, 약간의 균열쯤은 금방 땜질해버릴 수 있도록 훈련되어 있는 전진적 태도, 무엇인가 창조해내고 있다는 듯한 자부심이 만들어준 그늘 없는 표정—문화라는 말을 쓸 수 있는 사람들이 있다면 바로 이 사람들이었다. 이 사람들은 매일매일 달리고 있는 것이었다. 따라서 어느 지점과의 거리를 단축시키고 있는 셈이었다. 이것이 나의 그들에 대한 이해였다. [……] 그러나 그 어느 지점이 무한하게 먼 곳에 있을 때도 우리는 그들이 거리를 단축시키고 있다고 생각할 수 있을까? [……] 차라리 이 사람들의 태도야말로 자신들은 걷고 있다고 믿으면서 사실은 매일매일 제자리걸음을 하고 있는 바로 그것이 아닐까. 빈민가에 살던 사람들의 그 끝없는 공전 같아 뵈던 생활이 이곳보다는 오히려 더 알찬 것이 아니었을까. 이것이 나의 감정이었다. (p. 107)

15.

'걱정'은 아무리 작은 균열이라도 견디지 못한다. 곧바로 그것을 '땜질해버려야' 하는 것이다. 마찬가지로 (범)죄는 아주 약간의 어긋남만으로도 엄청난 붕괴를 가져온다. 요컨대 걱정과 (범)죄는 평행적이고 유비적이다. 이것은 결코 추상적·형이상학적 진술이 아니다. 무형의 화폐를 빛의 속도로 순환시켜야만 생존할 수 있는—다시 말해 '걱정'을 견뎌낼 수 있는—금융 자본주의의 속도전에서 우리가 날마다 접하는 구체적인 사건에 대한 직접적 진술이다. 죄는 화폐의 비가시적 가치/기의이고, 화폐는 죄의 가시적 표현/기표이다.

16.

옮겨진 돌들을 바라보는 서 씨의 웃음. 이것은 김승옥보다 반세기 앞서 프루스트가 웃었던 웃음이다.

17.

이 작품에서 서 씨가 영리한 인물로 그려지지 않는 것은 당연하다. 세계를 폭파하는 웃음은 오직 미숙하고 어리석은 자에게만 허락될 수 있기 때문이다.

> 그는 사귈수록 착한 사람의 전형이었다. 굵게 쌍꺼풀진 눈매는 가난한 사람답지 않게 빛나고 있어서 차라리 보는 사람에게 열등감을 줄 정도지만 그는 그 눈으로써 상대편에게 친밀감을 나타낼 줄도 알았다. 영리해 보이지는 않고 오히려 행동이며 머리 돌아가는 건 그 반대인 듯했다. 두터운 입술 사이를 비집고 나오는 듯한 그의 함경도 사람답지 않게 느린 말씨가 더욱 그것을 증명해주었다. (p. 100)

18.

서 씨의 깊이는 그의 멍청함, 그의 아둔함으로부터 나온 것이다. 그러나 그의 멍청함 속에는 하나의 비밀이 간직되어 있다. 즉 그는 죄와 축죄의 무한 상승 직선 세계를 살아가는 존재에게 허락된 단하나의 방법을 알고 있는 것이다. 그것은 어떤 방법인가? 돌을 들어올리는 것일까? 아니다. 그것은 바로 눈에 띄지 않는 것이다. 더 정확히 표현하자면, 눈에 띄지 않고 세상을 속이는 유희/도박/연기——벤야민이 가장 중요하게 생각한 단어들 중 하나인 독일어 '슈필Spiel'에는 이 세 가지 뜻이 모두 들어 있다——를 하는 것. 동대문의 돌들의 위치를 남몰래 바꿔놓음으로써 서 씨는 세상을 속이는 데 성공한 셈이다. 그리고 그렇게 '옮겨진 돌을 바라보며 빙그레 웃고 있는 그의 모습'은 글쓰기를 통해 세계를 내팽개친 뒤 미소 짓던 프루스트의 모습과 전혀 다르지 않다.

19.
그러나 서 씨가 돌들을 남몰래 옮겨놓았다고 해서 도대체 무엇이 바뀌었을까?

아무것도.

20.
이 지점에서 우리는 서 씨의 미소를 감지한 첫번째 화자에 대해 더 자세히 살펴보아야 한다. 그는 말하자면 희극적 테러리스트이다. 그런데 그의 테러의 대상은 누구/무엇인가? 매일매일 질서 잡힌 궤도를 달려 나가는 양옥집 사람들의 삶이 그것이다. 그들의 지루한 생활 패턴에 넌더리가 난 그는 그들의 일상에 기묘한 테러를 가한다. 그들이 밤마다 마시는 물주전자에 몰래 흥분제를 넣은 것이다. 양옥집 사람들, 특히 '할아버지'는 질서와 상식의 화신이다. 이에 반해 그들에게 곤혹스러운 충격을 가하는 화자는 무질서와 꿈의 숭배자이다. 두 사람의 생각은 마치 얼음과 불처럼 서로를 죽이는 관계 속에 있다. 그러나 화자의 테러를 양옥집 사람들에 대한 투쟁으로 여겨서는 안 된다. 그들이 마실 물에 홍분제를 타 넣은 화자의 행동은 서 씨의 돌 옮기기를 모방한 것으로서, 직접적 투쟁이 아니라 간교한 책략, 즉 속임수에 가까운 것이다. 그리고 이 속임수는 진지하거나 심각하기보다는 우스꽝스럽고 희극적이다. 홍분제를 타 넣을 때의 심리 상태에 대한 그의 회상. "이것은 천박한 장난? 그렇지만 나는 기도하는 것처럼 엄숙했었다(p. 110)." 장난과 기도의 기묘한 결합. 이것은 첫번째 화자가 서 씨의 우주적 속임수로부터 배운 방법이다.

21.

그러나 그는 서 씨의 미소에 대해 제대로 알지 못했다(물론 그것을 간파하기는 했지만 말이다). 왜냐하면 그는 서 씨처럼 끝까지 비밀을 간직하지 못했기 때문이다. 물론 서 씨는 한 사람, 즉 첫번째 화자에게 그것을 공개하기는 했으나, 이것은 비밀 누설이라기보다는 차라리 무대 위의 공연에 가까운 것으로 보아야 옳다. 이에 반해 첫번째 화자는 홍분제를 먹은 양옥집 사람들의 반응을 은밀히 관찰하지 않고 직접적으로 그들을 자극했던 것이다.

꽤 오랜 시간이 지났다. 아무 소식이 없었다. 그러자 나는 잠들지 못하고 몸을 이리저리 뒤척이고 있을 그들을 상상해보았다. 지금 그들은 잠든 체하고 있을 뿐인 것이다. 내가 이제라도 쾅, 하고 피아노를 울리기 시작한다면 그들은 구원이라도 받은 듯이 뛰어나오리라. 물론 이 밤중에 무슨 소란이냐고 나를 나무란다는 대의명분으로서. 나는 피아노에 생각이 닿은 것이 기뻤다. 나는 피아노 앞으로 다가

갔다. 그리고 뚜껑을 열었다. 건반이 어둠 속에서 하얗게 웃고 있었다. 나의 손가락들이 건반 위에 놓여졌다. 이제 손에 힘만 주면 되었다. 물론 곡도 무엇도 아닌 광폭한 소리만이 이 집을 떠내려 보낼 것이다. (p. 111)

22.

말하자면, 서 씨와 달리 첫번째 화자는 지나치게 영리했다(그러나 여기에도 비밀이 숨겨져 있다).

23.

그는 두번째 화자에게 다음과 같이 묻는다. "어느 쪽이 틀려 있었을까요?" 두번째 화자의 생각은 다음과 같다. "나로서는 얼른 믿어지지 않는 얘기다. 첫째, 그런 생활이 있을 것 같지 않고, 있다고 해도 어느 쪽이 반드시 틀렸다고 말할 수도 없고, 오히려 두 쪽 다 잔혹할 뿐이라는 점에서 똑같고, 어느 쪽이 틀렸다고 해도 그것은 그 젊은이가 이질적인 사실을 한눈에 동시에 보아버리려는 데서 생긴 무리겠지,라고(p. 112)." 두번째 화자의 이성은 사태를 일목요연하게 정리하고 있다. 양옥집의 현실과 서 씨의 현실, 이 두 가지 현실이 '이질적인 사실'이라는 간단한 표현 속에 구겨넣어지고 있는 것이다. 적지 않은 경우들에서 추상적인 개념은 구체적인 표현을 압(박하고 포)박한다.

24.

정리는 강력하고 매력적이다. 깔끔하기 때문에, 깔끔해진 듯 보이기 때문에.

25.

그러나 정리는 항상 처치 곤란한 잔여를 차폐한다. 반복하건대,
그리고 사실 자명한 얘기지만, 두번째 화자 역시 저 두 가지 이질
적인 사실 앞에서 무기력함을 느끼고 있다. "알 수 있는 것은 다
만, 그 젊은이가 보았다는 두 가지 생활이 사실 내 바로 곁에 공존
하고 있다고 하면 나도 좀 멍청해져버리지 않을 수 없으리라는 느
낌뿐이었다(pp. 112~13)."

26.

그러나 첫번째 화자는 자기도 모르게 서 씨의 방법으로부터 놀
라운 비결을 발견하고 체득했는데, 바로 망각이 그것이다. 가령 그
는 양옥집으로 이사를 온 지 한참이 지났음에도 불구하고 낮잠에
서 깬 후 자신의 방을 알아보지 못한다.

　내가 눈을 떴을 때 내 코는 벽에 거의 닿을 듯 말 듯했다. 낮잠을
자는 동안 나는 벽에 얼굴을 바싹 대고 있었던 모양이다. 벽은 하얀
회로 발라져 있었고 지나치게 깨끗했다. 내 방은 이렇지 않은데, 하
고 나는 어리둥절했다. 남의 집에서 잠이 든 것이었을까, 혹은 '의식
을 회복하고 보니 병원이더라'라는 경우 속에 있는 것일까, 하고 나
는 생각했다. (pp. 82~83)

물론 이와 같은 "어처구니없는 기억의 단절"이 오롯이 서 씨의

영향 때문만은 아니다. 첫번째 화자는 일찍부터 그와 같은 망각에의 소질을 다분히 가지고 있었다. "물론 무엇인가를 깜빡 잊어버리는 때가 흔히 있는 법이다. 우스운 얘기지만 심지어 오줌누는 법을 잊어버린 때도 있었다. 언젠가 어느 다방에 가서(그 다방은 어느 건물의 이층에 있었는데 나는 무슨 생각엔가 잠겨서 계단을 느릿느릿 걸어 올라갔었다) 다방 문의 밖에 있는 화장실을 들렀을 때였다. 그때 나는 긴급한 생리적 필요에도 불구하고 어떻게 소변 보는가를 깜빡 잊어버린 것이었다. 나는 몹시 당황했었다(p. 87)."

27.

그러나 망각 자체보다 더욱 주목을 요하는 것은 망각으로부터 깨어나는 과정이다. 낮잠에서 깨어난 첫번째 화자가 양옥집의 자기 방을 알아보는 것은 무엇에 의해서인가? 그것은 그 공간 안에 있는 자신의 소유물에 의해서이다.

나는 방 안을 찬찬스럽게 눈으로 더듬었다. 내 오른쪽 벽의 구석진 곳에 다색(茶色)의 나왕으로 된 방문이 있다. 내 맞은편 벽에 기대서 책들이 좀 무질서하게 줄을 지어 서 있다. 나를 향하고 있는 책의 등에 적혀진 그 책들의 표제를 나는 읽었다. 『연극개론』『비극론』『현대희극의 제문제』『현대 연극의 대사』『History of drama』 등. 그것은 내 전공 부문의 책들, 바로 나의 책들이었다. 그리고 핀이 빠졌는지 캘린더가 벽에서 떨어져서 마치 단정치 못한 여자가 주저앉아 있는 듯한 모습으로 방바닥에 널려져 있고 왼쪽 벽 구석 가까이에 잉크병, 노트들, 펜들, 나의 세면도구, 재떨이, 담배가 몇 가치 빈 '진달래', 찌그러진 성냥통 그리고 내 기타가 역시 무질서하게 놓여져 있거나 벽에 기대어져 있고 벽의 옷걸이에는 내 옷들이 걸려져 있었다. 모든 것이 나의 소유였다. 그러면 이건 나의 방이었다. (pp. 85~86)

그렇다면 그가 서 씨와 함께 살던 창신동의 방은 어떻게 자신의 방으로 인식되었을까?

　빈민가의 집들에서만 볼 수 있는 천장. 그렇다, 나의 방은 동대문 곁에 있는 창신동 빈민가에 있는 것이다. 지구가 부서졌다가 다시 생겨난다 해도 그 나의 방은 지금의 이 방처럼 깨끗하지가 못하다. 나는 얼른 고개를 돌려서 좀 전에 내가 코를 대고 낮잠을 자던 하얀 벽을 살펴보았다. 이것이 내 방이라면, 신문지로 도배된 벽에 볼펜 글씨의 이런 낙서가 분명히 있을 터이다―'창신동에 사는 사람들은 모두 개새끼들이외다.' (p. 84)

28.
망각으로부터 깨어나는 길목에 서 있는 두 개의 이정표, 소유물과 낙서. 그러나 첫번째 화자는 자신의 소유물을 안전하고 깔끔하게 보관해주는 양옥집의 방을 견디지 못한다. 왜냐하면 그는 세상보다는 서 씨와 더욱 친하기 때문이다. 물론 그의 의식은 여전히 어느 쪽이 틀려 있는지 알지 못한다. 그러나 그의 내밀한 연극적 본능은 알고 있다. 아무리 견고해 보이는 현실의 벽이라 해도 가벼운 웃음 한 방만으로 너끈히 무너뜨릴 수 있다는 사실을. 재산보다는 낙서를 더 사랑한다는 사실이 바로 그가 이 비밀스러운 지혜를 터득했음을 가리키는 기호이다. 게다가 그 낙서의 내용을 자세히 톺아보면, 더욱 흥미로운 사태가 전개된다. 즉 그는 바로 창신동에 사는데도 불구하고, 아니 바로 그렇기 때문에 '창신동에 사는 사람들은 모두 개새끼들'이라는 진술을 사랑하는 것이다. 이것은 세계를 산산조각 내고 싶어 하면서도 자기 자신 역시 세계의 일부라는 사실을 냉철하게 인식하는 자만이 가질 수 있는 태도이다.

29.

그리고 바로 이 지점에서 우리는 첫번째 화자의 직업 —비록 아마추어일망정 —이 희곡 작가, 더 정확히는 희극 작가라는 사실이 가진 의미를 명확히 깨닫게 된다. 그가 양옥집으로 이사할 수 있었던 것은 다름 아니라 "다행히 어느 쇼단에 촌극용 코미디 각본이 몇 편 팔리고 거기서 생긴 수입이 꽤 되었(p. 89)"기 때문이다. (달리) 말하자면, 그는 코미디를 무기로 양옥집으로 뛰어들어간 웃음의 테러리스트인 셈이다. 그가 서 씨의 미소를 알아챌 수 있었던 것은 이렇듯 세계와 자기 자신을 동시에 폭파시키려는 태도를 가진 덕분이다. 역사(力士)로서의 정체성을 꽁꽁 숨긴 채 남들과 똑같이 일하고 남들과 똑같은 임금을 받으며 살아가는 서 씨. 단 한 명의 관객을 상대로 돌들을 들어 올리고 위치를 바꿔놓는 연극을 상연하는 그의 모습은, 이 말이 가질 수 있는 한에서 최고로 반어적인 의미에서, 유치하다. 그러나 바로 이 유치함의 잠재력을 첫번째 화자는 간파했다. 간파가 아니라면, 적어도 예감했다. 그의 광폭한 피아노 연주는 얼핏 베르그손적 웃음의 의미로밖에는 보이지 않는다. 그러나 그것은 서 씨의 연극 못지않게 미숙하고 조잡하다. 바로 이 점이 중요하다. 김승옥은 이 미숙함과 조잡함 속에 거대한 폭발력이 있음을 감지했다. 이 소설이 형식적으로 불균형하고 비대칭하다는 점이 바로 그 증거다. 다시 말해 저 유치함, 미숙함, 그리고 조잡함에 상응하는 것이 바로 이 소설의 형식적 불균형성과 비대칭성인 것이다. 그리고 이것은 실로 숭고의 차원에까지 육박하는 미완성의 완성—물론 이것은 역설이다—을 상징한다.

30.

김승옥이 쓴 '역사(力士)의 역사(歷史)'는 우리에게 세계를 초월하는 방법이 아닌 세계와 함께 부서지는 방법을 가르쳐준다. 그 지침(指針)은 이렇다. 눈에 띄지 않은 채 세상을 완벽하게 속일 것. 이것은 동시에 자본주의교의 축죄의 역사를 거스르면서 그것을 말끔히 지우는 방법이기도 하다. 현실에 충실했던 두번째 화자를 어리둥절하고 불편하게 만든 이 별난 젊은이—첫번째 화자—는 분명 이야기를 마친 후 유유히 자리를 뜨면서 빙그레 미소를 지었을 것이다. 언젠가 동대문에서 서 씨가 그랬듯이.

31.

무엇이 바뀌었을까?

아무것도.

다시 한 번, 무엇이 바뀌었을까?

모든 것이!

깨진 시간의 조각들
―'문학'을 위하여

> 만약 우리가 오직 죽기 위해서 왔다고 한다면,
> 무엇이 우리의 신경을 긁을 수 있단 말인가!
> ―배수아

프롤로그

지금으로부터 30여 년 전, 신을 섬기는 자들을 위한 어느 문학 강연에서 한국 비평계의 '어린 왕자'는 다음과 같이 말했다.

그런데 생떽쥐뻬리의 생각에 의하면 인간을 인간답게 만드는 것은 정신적인 것도, 육체적인 것도 아니며 오로지 자신이 인간이라는 것을 행동으로 입증했을 때 그는 비로소 인간답게 되는 것이고 또한 그것이 바로 자신 안에 있는 신을 다시 확인하는 길이라는 것입니다. 즉 비유를 들어 말하자면, 초가 초로서 존재하는 것은 초의 그 밀랍 때문도 아니고 또한 심지 때문도 아니며, 그것은 오로지 그 초의 불꽃에 있다는 것입니다. 그러니까 인간이 신을 만나게 되는 계기는 자기 속에 있는 자기보다 더 큰 어떤 것이 빛을 발할 때이며, 이때 인간은 가장 인간다워지고 또한 그런 때를 통해서 인간은 자신

의 무의미하고 쓸모없는 삶을 유용하고 가치 있는 것으로 만들게 되는 것입니다.[1]

초가 진정으로 초로서 존재하는 순간—불꽃으로 타면서 소멸해가는 순간에 대해서 이 글은 말하고자 한다. 이것은 곧 인용부호 안에 놓인 '문학'에 대한 이야기이며, 동시에 '깨진 시간의 조각들'을 줍는 일이다.

1. '마치 ~처럼'의 시간die Zeit des 'Als-Obs'

현실의 시간은 '알스 옵Als-Ob'으로 이루어져 있다(독일어 'Als ob'은 '마치 ~처럼'이라는 뜻으로 가정법 구문을 만들 때 쓰는 표현이다). 이것은 보드리야르가 이야기한 것처럼 가상현실virtual reality이 우리의 실제현실real reality을 압도했음을 뜻하는 말이 아니다. 우리의 현실이 '알스 옵'으로 구성된다는 것은 우리의 모든 인식과 행위가 '마치 (안) 그런 것처럼'의 양태로 이루어진다는 것을 뜻한다. 그래서 가령 대학생들은 내년쯤에는/졸업 후에는 (어떻게든) 취업이 될 것처럼 생각하고, 5년차 직장인들은 마치 자기 대신 옆자리의 김 대리가 퇴출될 것처럼 행동하며, 입시를 향해 진군하거나 혹은 그로부터 이탈한 청소년들은 빅뱅과 소녀시대가 마치 자신들의 미래의 모습인 것처럼 소리를 질러대며 관절을 꺾는

1) 김현, 「쌩떽쥐뻬리의 문학과 인간」, 『니체와 그리스도교』, 성바오로출판사, 1982, p. 141.

다. 그리고 이 모든 것은 필연적이다. 다시 말해 이렇게 '마치 (안) 그런 것처럼' 사는 사람들에게는 그렇게 행동하는 수밖에 별다른 도리가 없다. 그러나 누구나 알다시피 취업이 되지 못한 대학생, 퇴출당한 회사원, 아이돌 대신 공돌이가 된 청소년은 대번에 사회의 시야 밖으로, 아니 카메라 밖으로 내몰리고 만다. 다시 말해 '마치 존재하지 않는 것처럼' 취급받게 되는 것이다. 이처럼 조악하고 잔인한 '알스 옵'이 한국사회(어쩌면 세계 전체)를 완전히 장악했다는 것은 그만큼 이 시대의 '세계감Weltgefühl'(김홍중)이 빈곤해졌음을 뜻하며, 나아가 개인의 삶과 사회의 발전(이 아니라면 적어도 보존)을 위한 인식의 지평이 극도로 좁아졌음을 여실히 증명한다. 그러므로 오늘날 어떻게 살아야 하는가,라는 물음에 대한 정답은, 누구나 아는바, 다음과 같다. 아무도 도와주지 말고 가능한 한 많은 사람들을 앵글 밖으로 밀어낼 것. 이 정답을 맞히지 못한 자들이 기댈 곳은 딱 한 곳뿐이다. 그 역시 저 얄팍하고 부서지기 쉬운 '알스 옵'의 환상이다. 결론적으로 말해, '알스 옵'은 오늘날 유일하게 가능한 보편 종교인 셈이다.

인용부호 안의 '문학'이란 바로 이 보편 종교에 대해 고집스런 '그러나'를 제출하는 반항아이다. 이 반항아는 우선 모든 것을 솔직하게, 그리고 놀라울 정도로 정확하게, 이야기한다. 가령, 다음과 같은 도저한 자기분석을 통해 '알스 옵'의 조악한 피상성을 기각하는 '문학'의 목소리를 들어보라.

우리는 우리 자신에 의해서 필연적으로 왜곡되는 거예요. 우리는 영원하니까요. 우리의 존재와 부재를 모두 합하면 그건 시선과 세계의 무한을 형성하죠. 이야기는 우리가 부재하는 중에도 진행되고 있지만 우리는 우리의 부재중에 우리에게 일어난 사건을 추측할 뿐이에요. 내 글은 그런 시선의 사각지대만을 사랑해요. 내 눈에는 보이지 않는 내가 사는 곳이죠. 그러나 다른 말로 하자면, 글로 표현되는 자신은 운명적으로 허깨비에 불과해요. 이해하지 못하는 대사를 낭독하는 허깨비에 불과해요. 이해하지 못하는 대사를 낭독하는 앵무새 배우나 마찬가지죠. 대사도 앵무새도 배우도 모두 진심을 담아 자신의 진실한 이야기를 동시에 지껄이지만 말이에요.[2]

모두가 진심으로 진실하게 이야기하지만, 그것이 사실은 허깨비의 지껄임에 불과하다고 말하는, 인용부호 안의 '문학'. '알스 옵'의 신봉자들이 저 '필연적인 왜곡'을 당연하게, 필연인 것처럼 여기면서 '안 그런 척' 살아가는 것에 대해 인용부호 안의 '문학'은 세게 경멸하고 깊게 분노한다. 인용부호 안의 '문학'은 잔잔한 강물처럼 흘러가는 그들의 '마치 ~처럼'을 가파른 절벽으로 몰아세운다. 즉 '알스 옵'교의 신도들을 옭아맨 최면을 깨부수려는 것이다. 인용부호 안의 '문학'은 말하자면 삶의 시간 속으로 침입한 강도와 같다. 파스칼 키냐르는 이렇게 적었다. "내가 '제외exception'라는 단어보다 '침입intrusion'이란 단어를 선호하는 이유는 침입자intrusus라는 단어가 출생과 더 유사하기 때문이다. 나는 예술이 언젠가 부정적이 되리라고 생각하지 않는다. 예술은 시간을 모르므로 부정도 모른다. 〔……〕 라틴어로 intro-ire는 '안으

<hr>

2) 배수아, 『북쪽 거실』, 문학과지성사, 2009, p. 65. 이하 본문 인용은 쪽수만.

로 가다'라는 의미이다. 삶의 길로 들어선다는 말이다. 태어난다는 뜻이다. 침입자intrusus는 강제로 들어가는 사람, 들어갈 권리가 없는 데도 강압적으로 들어가서 내쫓기는 사람이다. 초대받지 않은 사람이다. 이것이 '침입자'란 단어에 대한 공통된 훌륭한 정의이다."[3] 이것은 인용부호 안의 '문학'에 대한 훌륭한 정의이다. 이제 이 침입자와 '알스 옵'교 신도들 사이에 벌어진 투쟁에 대해서 살펴볼 차례이다.

2. '아직은 아닌' 시간die Zeit des 'Noch-Nichts'

박민규의 단편 「루디」[4]는 이 투쟁을 아주 잘 그려낸 작품이다. 허풍 섞인 예언을 용서한다면, 나는 이 작품이 후대의 문학사가들로 하여금 2010년 봄을 하나의 기점(起點)으로 기록하게 만들 수도 있다고 생각한다. 그러나 그것은 이 작품이 거두게 될, 거두어야 할 수많은 성공들 가운데 사소한 한 가지에 지나지 않을 것이다. 아니, 더 정확히 말하자면 이 작품은 어떤 의미에서든 성공과는 무관하게 '자족Autarkie'할 수 있는 작품이다. 나아가 나는 감히 이렇게 말하고 싶다. 「루디」는 그간 이루어진 '문학과 정치'에 대한 모든 논의를 무색케 할 만큼 뛰어난 '문학의 정치'를 보여주고 있다고 말이다. 왜냐하면 이 작품은 무엇보다 벤야민적 의미의

---

3) 파스칼 키냐르, 『떠도는 그림자들』, 송의경 옮김, 문학과지성사, 2003, p. 29.
4) 박민규, 「루디」, 『더블 · side B』, 창비, 2010, p. 217. 이하 본문 인용은 쪽수만.

'파괴적 성격der destruktive Charakter'을 탁월하게 구현하고 있기 때문이다. 벤야민에 따르면, 파괴적 성격이란 "파괴할 만한 가치가 있는가 하는 측면에서 시험해봄으로써 세상이 도대체 얼마만큼이나 단순해질 수 있는 것인지를 꿰뚫어보는 통찰"[5]을 가지고 살아간다. 바로 이 단순성을 박민규의 「루디」는 아주 정확하게 타격하고 있다. 더불어 이 작품이 내장하고 있는 음울한 정조를 일종의 강력한 '세계 비판으로서의 묵시록Apokalypse als Weltkritik'으로 만들어주는 요소가 있는데, 그것은 다름 아닌 그의 풍자 Satire 감각이다. 그리고 이 풍자에 동원된 중층적 프로소포포이아 (Prosopopoiia, 의인화/활유)는 더할 나위 없이 적확하게 활용되고 있어서 그것을 간파하는 독자들은 아마 혀를 내두르지 않을 수 없을 것이다. 이제 구체적으로 작품 안에서 저 '알스 옵'을 숭배하는 자들이 우리의 '인트루수스'에게 어떻게 당하는지 보도록 하자.

뉴욕의 한 금융회사에서 부사장으로 일하는 미하엘 보그먼은 알래스카에서 휴가를 즐기고 있다. 그런데 예상과는 달리 알래스카의 '설국'은 그에게 너무도 지루한 풍경일 뿐이어서 보그먼은 얼른 여행을 마무리할 요량으로 차를 몰아 팍스 하이웨이라는 도로로 접어든다. 끝없이 이어지는 직선 도로 위 어느 한 점에서 그는 예기치 않게 '그 남자가 서 있는 모습을' 보게 된다. 이 장면이 바로 투쟁의 시작점이며, 우리는 이 투쟁의 지속을 '아직은 아닌 시간'이라 명명할 수 있을 것이다. '아직은 아닌'이라는 표현은 이미 어

---

5) Walter Benjamin, *Gesammelte Schriften IV-1*, Frankfurt am Main: Suhrkamp, p. 397.

떤 '끝'을 상정했을 때에야 비로소 가능해진다. 그리고 여기서 말하는 '끝'이란 말할 것도 없이 인용부호 안에 있는 '문학'의 침입이 거두는 '성공=실패'를 가리킨다. 이 작품은 바로 이러한 '끝'의 역설, 즉 성공과 실패가 한 몸을 이루는 지점을 향해 뻗어간다.

'사냥모자를 눌러 쓴 백발의 남자'는 보그먼을 가로막고 서서 갑자기 그를 향해 총을 쏜다. 겁에 질린 보그먼은 저도 모르게 그만 오줌을 지리고, 그런 그를 '루디'라는 이름의 이 남자는 '놀랍도록 무표정한 얼굴과 까만 조약돌 같은 두 눈'으로 바라본다. 이미 충분히 예상했겠지만, 이제부터 전개되는 루디와 보그먼의 '투쟁'은 실상 투쟁이라 부르기에도 민망한 것이다. 다시 말해 그들의 싸움은 거의 일방적이다. 루디의 총에 제압당한 보그먼은 오줌을 지린 채로 다시 (루디가 시키는 대로) 굉장한 양의 똥을 싸고, 그러고 난 뒤에도 씻지도 못한 채 계속 차를 몰아야 했던 것이다. 조수석에 탄 루디는 그에게 '갈 길이 멀다'고 말하지만, 보그먼으로서는 도무지 영문을 알 수 없을 따름이다.

왜... 도대체, 왜? 그리고 갈 길이 멀다니... 대체 어디로 가겠다는 것인가... 알 수 없었다. 두렵겠지, 하고 놈이 중얼거렸다. 세상을 끌고가는 게 쉬운 일은 아니니까... 그거 알아? 뭉친 가래를 퉤, 앞유리에 뱉으며 놈이 말했다. 두렵긴 나도 마찬가지란 거... 그래도 함께 가주겠다는 거야. 암, 이자놀이를 당해주면서도 말이지. 미친 놈, 하고 나는 울면서 속으로 중얼거렸다. (p. 59)

이렇게 루디와 보그먼의 '투쟁=동행'은 시작되었다. 그것은 보그녀의 입장에서는 목숨을 건사하기 위한 처절한 투쟁이었지만, 루디의 생각으로는 기꺼이 두려움을 나누며 함께 나아가는 동행길이었다. 그렇게 길을 가는 중에 그들은 두 곳을 들르는데, 첫번째는 주유소이고 두번째는 약국이다. 그리고 이 두 곳은 모두 피 튀기는 처참한 살육 현장으로 뒤바뀌고 만다. 이것은 물론 보그먼의 입장에서 하는 이야기이지만 말이다. 먼저 주유소에서. 주유소 직원들을 '단 한마디 말도 없이' 무참히 학살한 뒤 차에 기름을 가득 채우는 루디에게 보그먼은 말한다. "기름값이 있는데... 돈으로 사면 되는데...(p. 68)"

어이가 없다는 듯 놈은 또 한 번 머리를 갸웃, 했다.

대체 뭔 소리야?
기름은 늘 이런 식으로 얻어 온 건데. (p. 68, 강조는 인용자)

이렇게 해서 피의 주유소를 뒤로 하고 계속 길을 달리던 중 약국을 발견한 루디는 문득 물을 먹고 싶다고 했던 보그먼의 말을 떠올린다. 그리하여 주유소에 이어 다시 한 번 끔찍한 살육이 벌어지고, 피가 흥건히 젖은 그 현장에서 루디는 아무렇지도 않다는 듯 보그먼에게 작은 생수통 하나를 내민다. 충격에 빠진 보그먼은 생각한다.

누군가가 내 왼손의 생수통과 놈의 피스톨을 바꿔치기해준다면, 나는 놈의 심장에 총알을 박고 시신에 오줌을 갈길 것이다. 벌린 입

속에… 가래가 가득한 그 입속에 한가득… 아니, 그걸로는 부족하다. 놈의 눈알을 뽑아… (p. 72)

이로써 투쟁은 참으로 싱겁게도 금방 정점에 다다르고, 그들의 짧은(그러나 보그먼에게는 무한히 길게 느껴진) 동행 또한 끝에 가까이 다가선다.

3. '꿈같은 순간'의 시간die Zeit des 'träumerischen Augenblicks'

이 '투쟁＝동행'의 사연은 간단하다. 루디는 얼마 전까지 보그먼의 회사에서 일하던 용역 청소부였다. 두 사람 사이의 지위 격차가 매우 컸으므로, 보그먼이 그의 얼굴을 알아볼 도리는 없었다. 따라서 보그먼으로서는 자신이 루디에게 무슨 잘못을 했는지 도무지 알 수 없었다. 보그먼은 물었다. "내가 어떤 잘못을 했나? 단도직입적으로 나는 물어보았다. 눈앞의 길은 점점 어둡고, 좁고, 가팔라지고 있었다. 잘못을 했다기보다는, 놈이 어둠 속에서 중얼거렸다.//**월급을 줬지.**"(p. 79, 강조는 인용자) 이 총알 같은 풍장 장면에서 인용부호 안의 '문학'의 힘을 실감하지 못하는, 아니 전율하지 못하는 독자는 없을 것이다. 월급을 주었다는 이유로 귀와 어깨에 총을 맞아 피 흘리는 보그먼에게 '지금 이 순간'보다 더 끔찍한 악몽은 없을 것임이 분명하다. 그러나 어쨌든 악몽 또한 꿈이므로, 루디는 그에게 '꿈'을 선사해주었다고 할 수 있다. 그러므로 이 투쟁의 시간을 우리는 '꿈같은 순간'의 시간이라 부르지 못할 까닭은 없다. 물론 이 꿈이 보그먼과 루디에게 같은 의미를 갖는 것일 리는 없다. 이 꿈은 보그먼에게는 최악의 악몽이지만, 루디에게는 가장 달콤한 마지막 꿈이기 때문이다. 일차원적 피상성에 머무르기를 원하는 사람이라면 아마도 루디에게서 '프롤레타리아'의 정체성만을 읽어내겠지만, 그보다 사실 루디는 인용부호 안의 '문학'의 프로소포포이아라고 말해야 옳다. 앞에서 「루디」가 인용부호를 입은 침입자(인트루수스)와 '알스 옵' 신도들 사이에서 벌어진 투쟁의 기록이라고 말한 것은 바로 이런 의미에서이다. 요컨대 루디, 그러니까 인용부호로 무장한 '침입자'는 '알스 옵'의 세계에 악몽을 몰고 온다. 하여 그 세계의 거주자들은 깊은 잠에서 깨어난 뒤에도 악몽을 떨쳐내지 못한 채 이렇게 말한다.

그사이 마주오는 한 대의 트럭을 보았지만 아무런 요청도 할 수 없었다. 고함을 치건 어쩌건 옆자리의 총보다 빠른 구원은 존재하지 않는다, 그런 생각이 들어서였다. (p. 58)

우리는 이 인용문의 두번째 문장이 지닌 양의성Zweideutigkeit에 주목해야 한다. '옆자리의 총보다 빠른 구원은 존재하지 않는다'는 진술은 1) 구원은 너무 멀리 있는 까닭에 가까이 있는 총의 위협을 막아낼 수 없다, 그리고 2) 그 어떤 구원도 '옆자리의 총'이라는 구원보다 빠를 수는 없다,라는 두 가지 뜻으로 해석될 수 있다. 물론 작품 속에서는 이 진술 뒤에 곧바로 다시 "옆자리의 총에 비해 구원은 멀리… 정말이지 뉴욕 쯤에나… 저 자유의 여신상 아래에나 깔려 있는 게 아닐까, 생각이 들었다(p. 59)"라는 부연진술이 등장하기는 하지만, 이것이 저 이중적 해석의 가능성을 차단하는 것은 아니다. '옆자리의 총'이 구원이 될 수 있다고 보는 해석 방식은 이 작품이 구사하고 있는 고도의 풍자 전략에 부합한다. 가령 주유소에서 돈을 내고 기름을 사면 되는데 왜 사람을 죽였냐고 묻는 보그먼에게 루디가 '기름은 늘 이런 식으로 얻었다'고 말한 것을 상기해보라. 나아가 이 해석은 이 작품의 서사가 이중적 운동 양태, 즉 투쟁인 동시에 동행의 형태로 진행된다는 사실과도 상응한다. 게다가 작품 속에서 루디가 스스로를 '신의 아기'라고 칭하며 보그먼에게 "신은 나를 선택하고…… 나는 너를 선택했"다고 말하는 장면을 보면, 저 문장을 양의적인 것으로 보는 해석은 전적으로 타당하다고 볼 수 있을 것이다. 그렇게 볼 때, 이제 우리는 루디의 입속에 가득한 '더러운' 가래가 하는 역할에 대해서도 다시 생각해볼 수 있다.

늘 그 소리… 괴롭다는 듯 중얼거리며 놈은 가래를 뱉었다. 앞유리가 아니라 내 얼굴을 향해서였다. 많은 양의 가래는 아니었지만 황산이 떨어진 듯 영혼이 아파왔다. 잘못했습니다. 가래를 닦으며 나는 힘없이 중얼거렸다. **니가 하는 말은 전부 변명이란 걸 알아둬, 개새끼!** 한 번 더 가래를 뱉으며 놈은 말했다. (p. 64, 강조는 인용자)

루디가 보그먼의 얼굴에 뱉은 가래는 보그먼의 영혼을 아프게 만들었다. 아픈 영혼은 말한다. "잘못했습니다." 그러나, 당연한 말이지만, 이 뉘우침이 제대로 된 것일 리 없다. 침입자는 한 번 더 가래를 뱉는다. "니가 하는 말은 전부 변명이란 걸 알아둬, 개새끼!" 루디의 더러운 가래는 거래의 세계에 악몽을 몰고 오는 침입자의 무기이다. 아니, '알스 옵' 신도들을 질식시키는 최면에서 깨어나게 만드는 해독제라고 해야 옳을 것 같다. 여기서 잠깐 작품 밖으로 나와서 이 해독제가 어떤 것인지를 알아보기 위해서 다시 한 번 파스칼 키냐르의 목소리를 들어보자.

> 이 대해(大海)에는 해안이 없다.
> 전부가 침수되었다.
> 물고기들이 또 수면 위로 올라온다. 죽지 않으려고 들이마시는 공기 한 모금.
> 그 한 모금이 독서이다.[6]

구원은 없거나, 있어도 저 멀리 '자유의 여신상' 밑에 깔려 있다. 따라서 죽지 않기 위해서는 한 모금의 공기, 독서가 필요하다. 돌처럼 굳어진 머리통을 산산이 깨부수는 강력한 도끼를 읽어야 하는 것이다. 그러나……

4. '거의 다 이루어진' 시간 die Zeit des 'fast Erreichten'

저 한 모금의 공기는 그러나 엄청난 대가를 요구한다. 그것은 너

6) 파스칼 키냐르, 같은 책, p. 74.

무나 강력해서 '알스 옵'의 표면 세계가 숨기고 있는 이면의 풍경을 보지 않을 수 없게 만들기 때문이다. 따라서 루디의 총과 가래 덕분에 '알스 옵'의 최면 상태에서 고통스럽게 깨어나고 있는 보그먼에게 다음과 같은 느낌이 엄습하는 것은 당연한 일이다.

피와 가래... 침과 오줌이 말라가는 냄새로 그야말로 차 안은 지옥의 하수구 같은 느낌이었다. 오래오래... 악마들이 싼 똥이 모이고 썩어, 액셀을 밟는 발목을 적시며 흐르는 기분이었다. (p. 77)

그러나 이러한 인식은 필수적이다. 이 세계가 어두운 잿빛 고통으로 가득 차 있고, 인류의 역사는 거의 빈틈없이 피로 물들어 있으며 따라서 후세의 삶이 적회색 하늘 아래 음산한 분위기로 가라앉을 거란 사실을 알지 못한다면, 구원을 깔아뭉갠 '자유의 여신상'을 폭파하는 것은 전혀 불가능하다. 파괴와 붕괴와 기괴로 점철되어 있지만, 그 상황을 교묘히, 아니 철저히, 가림으로써 마치 유령처럼 지속하고 있는 역사의 시간을 완전히 폭파시키기 위해서 필요한 것은 '평등한 증오'다. 인용부호로 무장한 '문학'이란 바로 이 필요성을 일깨우는 힘이다. 세계 전체를 향한 거대하고 평등한 증오를.

나는 그저... 하고 놈은 말했다. 너희를 평등하게 미워할 뿐이야.
왜... 왜 내가! 나는 울부짖었다.
너도 평등하게 우릴 괴롭혀왔으니까, 놈이 말했다.
다시 눈물이 흐르기 시작했다. (p. 81)

보그먼의 이 눈물과 함께 투쟁은 종결되고 이제 '동행'만 남게 되었다. 바야흐로 시간이 무르익은 것이다. 고통은 여전히 생생했지만, 이제 보그먼은 자신이 루디와 '함께한다'는 사실을 인정하기에 이르렀다. "어떤 생각의 실마리도 결국 헝클어지는 것이어서 내가 알고 납득할 수 있는 사실은 오직 한 가지뿐이었다. 나는 지금 루디와 함께 있다는 것... 그것이 전부였다(p. 80)." 마침내, 루디가 보그먼을 설복한 것이다. 인용부호를 껴입은 침입자가 '알스 옵'의 세계에 침투하여 임무를 완수(한 듯)한 순간이다. 이제 보그먼은 루디를 벗어날 수 없을 것이다. 하여 마지막에 가서 그는 이렇게 말한다. "지금 내가 알 수 있는 것도 여전히 한 가지뿐이었다. 나는 영원히 루디와 함께라는 것//그리고 영원히/우리는 함께라는 것(p. 82)." 그러므로 이제 밝힐 수 있겠다. 이 글이 왜 그냥 문학이 아니라 인용부호 안에 놓인 '문학'을 위해서 쓰여지는 것인지 말이다. 보그먼과 루디가 그렇듯이, 우리는 영원히 '문학'과 함께라는 것. 이 한 문장을 위해 이 글은 달려왔다. 이것은 선택 사항이 아니다. 우리는 이것을 피할 수 없다. '알스 옵'이 카드로 만든 집이라는 것을 고통스럽게 깨닫는 순간부터 인용부호 안의 '문학'은 영원히 우리와 함께한다. 그리고 이 사태는 '문학'과 함께 우리도 영원히 인용부호 안에 거주하게 될 것임을 함축한다. 아감벤에 따르면, "하나의 단어를 인용부호 속에 집어넣은 자는 더 이상 그 단어로부터 자유로워질 수 없다. 의미의 추동력에 의해 찢겨져 허공 속에 매달린 채로 그 단어는 대체 불가능한 것, 혹은 더 정확히 말하자면, 더 이상 이별할 수 없는 것이 된다."[7]

5. '이미 지나가 버린' 시간die Zeit des 'Schon-Vorhers'

그럼에도 아직 '끝'은 오지 않았다. 보그먼은 루디와의 투쟁을 끝내고 이제 그와 '동행'하게 되었지만, 여전히 그들 앞에는 "오래 오래, 영원히 달려야만 할 것 같은 길(p. 80)"이 버티고 서 있다. 그 길의 이름은 '절벽'이다. 절벽이란 갈 수 없는 길이므로, 영원히 달려도 끝에 닿을 수 없는 길이다. 그래서 보그먼은 말했다. "더는... 못 가(p. 81)." 그러나 역설적이게도 바로 이 순간이 인용부호를 입은 침입자에게 주어진 진정한 임무가 개시되는 지점이다. 이는 또한 '파괴적 성격'의 독특한 능력이 발휘되는 지점이기도 하다. "파괴적 성격은 무엇이든 오래 지속되는 것을 보지 못한다. 그러나 바로 그 때문에 그는 어디서든 길을 발견한다. 다른 사람들이 벽이나 산에 가로막힐 때에도 그는 길을 찾아낸다. 그러나 어디서든 길을 발견하는 까닭에 그는 또한 어디서든 치워 없애야 한다. [물론 이렇게 치울 때] 그가 항상 거친 폭력만을 쓰는 것은 아니며, 이따금씩은 우아한 폭력을 쓰기도 한다. 그는 어디에서든 길을 발견하므로 항상 교차로 위에 서 있는 셈이다. [하므로] 다음에 어떤 일이 있을지 그로서는 단 한순간도 알 수 없다. 그가 존재하

7) Giorgio Agamben, übersetzt von Dagmar Leupold u. Clemens-Carl Härle, *Idee der Prosa*, Frankfurt am Main: Suhrkamp, 2003, p. 102.

는 것들을 폐허로 만드는 것은 폐허를 〔좋아해서가〕 아니라 그 폐
허를 뚫고 지나갈 수 있는 길들을 만들기 위해서이다."[8] 앞서 '문
학'의 임무가 '완수(된 듯)한'이라고 괄호를 삽입한 것은 바로 이
때문이다. '알스 옵'의 신봉자들을 각성시키고 그로써 세계와 역사
의 시간을 폭파하는 것은 '문학'의 첫번째 임무일 뿐, 최종 과제는
아니다. 그렇다면 최종 과제는 무엇인가? 그것은 산산조각 난 시
간의 조각들을 그러모으는 것이다. 오로지 죽기 위해 이 깊고 넓은
고해(苦海)를 헤엄치는 한 작가의 다음 두 글은 이 수집 행위가 얼
마나 절실하고 쓸쓸한 것인지 잘 보여준다.

　　우리는 먼 곳으로 보내는 엽서를 썼는데, 어느 날 세월이 흐르면,
　그 엽서들은 우리가 모르며 한 번도 가본 일이 없는 대륙 반대편 한
　도시의 중고 시장 노점에서, 이 육신과 마찬가지의 냄새를 풍기며
　이렇게 늙어가게 되리라. (배수아, p. 270)

　　그리고 난 언제 죽어도 후회 없을 만큼 많은 생을 살고 싶다. 이
　세상의 모든 놀라운 모퉁이만큼의 많은 생을. 노인의 생만을 제외하
　고. 사실 나는 매 순간 미래에 대해서 긴장되고 흥분하는 것만큼 자
　주 노인의 생을 생각하기도 한다. 영원히 내 것이 아니게 될 그 인생
　을. (배수아, p. 58)

　　삶이 남김없이 '죽어감'의 과정으로 인식되고 또 그런 것으로서

---

8) Walter Benjamin, *ibid*., p. 398.

살아질 때, 그때가 되어야만 비로소 우리는 수집을 시작할 수 있다. 이 글에서 우리가 모은 시간의 깨진 조각들은 고작 다섯 개에 지나지 않는다. 무한히 증폭하는 시간의 파편들을 다 그러모으는 것은, 우리 인간에게는 실로 불가능한 일이다. 그러나 수집가들의 집중력이 서로 감응correspondence하기 시작하면 얼마나 대단한 힘을 발휘할지 누가 알겠는가. 하여 우리, 수집가들에게는 집중력이 필요하다. 제 몸을 불사르는 초의 집중력 말이다. 키냐르는 이것을 '경계 태세'라고 불렀다.

> 시간의 근본은 경계 태세이다.
> 경계 태세를 취하기.
> 끊임없이 경계 태세를 유지하기.[9]

시간 수집가의 경계 태세는 '이미 지나가버린' 시간을 향해 있(어야 한)다. 그는 마치 모든 삶을 이미 다 살아버린 듯 삶을 바라본다. 그의 눈길은 한없이 투명하며 온화하지만, 그럼에도 그 눈의 날카로움은 결코 무디어지지 않는다. 오히려 그 날카로움은 초의 밑동이 다 타들어가는 순간에 가까울수록 더 강렬해진다. 죽음을 목전에 둔 자의 심정을 실감해본 사람이 있을까? 관찰자의 입장에서는 결코 그것을 알 수 없다. 그것은 오직 그 상황에 직접 던져졌을 때에만 제대로 알 수 있는 것이다. 눈앞에 삶과 죽음이 오롯이 하나로 겹쳐져서 살아온 모든 삶의 순간순간들이 너무나 그립고

9) 파스칼 키냐르, 같은 책, p. 92.

또 너무나 절실하지만, 그럼에도 한없이 아득하고 낯설게 여겨질 그때의 느낌은 그로 하여금 삶과 죽음을 가르는 분할선을 지울 수 있게 할 것이다. 남아 있는 시간이라곤 오직 '이미 지나가버린' 시간 밖에 없을 때, 그때 비로소 삶의 의미는 온전해지고 충만해지고 완전해진다. 이 순간이 바로 진짜 죽음의 순간이다. 보그먼에게 느닷없이 들이닥친 악몽(루디)은 바로 이러한 사정을 가르쳐준다. 그러나 여기서 다시 한 꺼풀 더 벗겨 들어가보면, 다음과 같은 근본 사태가 도사리고 있다. 즉 '아무개'라는 개인이 죽고 난 뒤에도 (죽음을 모르는, 모르는 척하는) 삶의 시간은 여전히 건재할 것이며, 우주처럼 무한한 어리석음과 장벽처럼 두꺼운 피상성에 의해 다시 처음부터 시작되고 또 반복될 것이며, 그리하여 시간의 깨어진 조각들을 그러모으는 수집가를 끝없는 절망의 심연으로 빠뜨릴 것이라는 사실. 그런 까닭에 사무라이 같은 일본의 한 비평가가 한국의 '어린 왕자'에게 던진 다음 두 문장은 야멸찬, 그러나 바라건대 부당한, 충고처럼 읽힌다.

상식으로 더럽혀지는 것만큼 쉬운 일은 없다. 멍하니 나이를 먹어가면 충분한 것이다.

살아 있는 인간은 어차피 어쩔 수 없는 존재지. 무슨 생각을 하는지, 무슨 말을 하는지, 무슨 일을 저지르는지, 자기 자신에 대해서든, 남의 일에 대해서든, 제대로 안 예가 있었는가 말이야? 감상도, 관찰도 참지를 못하니. 그렇게 생각하면 죽어버린 인간이란 대단한 거야. 어째서, 그렇게 분명하고 확고해지는 걸까. 정말로 인간의 형

상을 하고 있어. 그러고 보면, 살아 있는 인간이란 인간이 되어가는 일종의 동물일지도 모르지.[10]

죽지 못해서 살고 있는 동물들을 진짜 인간으로 만들기 위해서, 이들에게 진짜 소중한 '악몽'을 선사하기 위해서, 하여 깨진 시간의 조각들을 그러모으기 위해서, 시간 수집가들은 지칠 줄 모르고 일할 것이다. 그리고 그 덕분에 인용부호 안의 '문학'은 꺼질 듯 꺼지지 않는 불꽃처럼 타오를 것이다. 하여 나는 제사(題詞)로 세워둔 물음에 대해 이렇게 답하려 한다. 어쩌면 '문학'이……?

10)고바야시 히데오, 『고바야시 히데오 평론집』, 유은경 옮김, 소화, 2003, p. 131 ; p. 229.

〈'명'들에 관한 13개의 테제〉

1. 메시아적 소명 — 다마스쿠스의 열세번째 사도에게 계시처럼 들렸던 — 은 이제 우리에게 한낱 이명처럼 어지럽게 울릴 따름이다.

2. "민족중흥의 역사적 사명"이라는 거대한 사기극이 끝난 이후에도 인류의 행복이라는 미명은 여전히 효력을 잃지 않고 있다.

3. 오늘날 인류의 이념을 고민하는 지식인에게 남아 있는 유일한 길은 매스컴의 허명을 적극적으로 전유하는 것뿐이다. 허명의 양가적 위험성을 첨예하게 느낄 수밖에 없는 인간 — 시인 — 이라면 차라리 그 허명에서 명을 지우고 허를 남기는 쪽을 선택하는 것이 옳다.

4. 그러나 허명에서 명을 지우는 것과 무명으로 남는 것은 구별될 수 없다. 그것은 마치 누명을 뒤집어쓰는 일과 같다.

5. 오늘날에는 아무개를 골라잡아 그에게 모든 혐의와 누명을 덮어씌우는 것이 곧 진상을 규명하는 일처럼 되어버렸다.

6. 누명을 조작하는 일에 항명하는 사람은 거의 어김없이 진상 규명의 대상 목록에 오른다.

7. 누명을 조작할 수 있는 자리에 오르는 사람은 임명권자의 익명

성을 지켜야 한다. 임명하는 사람이 매스컴에 의해 지목되고 명명되는 순간, 누명은 벗겨지는 것이 아니라 오히려 온갖 오명들이 덧칠된다.

8. 덧칠되는 오명의 두께만큼 음모의 수명은 연장된다.

9. 온갖 믿음들이 제가끔 절대적/배타적 타당성을 증명하려고 나설 때 음모는 가장 큰 위력을 발휘한다.

10. 생명정치는 익명성과 누명성의 폭력적 결합이다. 따라서 이 체제하에서 악명은 존재할 수 없다.

11. 생명정치는 서명이라는 장치를 통해 음모를 생산하고 경영하는 체제다.

12. 서명된 서류들이 끝없이 쌓아가는 포위망을 뚫을 수 있는 방법은 문헌학에 있다. 절망적인 근대의 마지막 학문인 역사철학은 문헌학의 예비학이다.

13. 문헌학은 로고스에 대한 사랑이 아니라 절대적인 이름을 가진 존재가 내리는 명령에 순명하는 것이다. 이것은 이 세계의 서류들에서 완전히 제명되는 일과 다르지 않다.

2   Once(막상)의   시간

그토록 두려워하던 십자가에
막상 매달리고 나자 예수는 말했다.
"다 이루었다."
어째서 "다 잃었다"가 아니었을까?

바울의 문헌학

1.

바울(주의자)의 명제—트리니티.

시간이 걸린다, 기다리는 일에.
시간은 걸린다, 기대의 끝에.
시간을 건다, 기대 없는 기다림에.

2.

마침내 우리에게 사도 바울의 편지가 도착하였다. "모두가 비뚤어져 쓸모없게 되"어버린 이 시대, "선한 일을 하는 사람은" "단한 사람도 없"는 이 세계(「로마서」3, 12)에 법을 폐기하고 윤리를 거두고 구원을 예비하는 사도 바울의 목소리가 다시금 울려 퍼지고 있다. 플라톤의 철학에 접근하는 데 있어서 그의 저작들이 근본적으로 대화로 이루어진 것임을 염두에 두는 일이 첫걸음이듯, 사도 바울의 사유를 이해하려면 무엇보다 그가 쓴 글들이 모두 편지였다는 사실을 머리에 확실히 새겨두어야 한다. 그러나 "오늘날의 독자들은 교회적인 관습과 예배에서의 빈번한 사용으로 인해 그의 글들이 실제로 편지라는 사실을 전혀 혹은 충분히 의식하고 있지 않다. 교회에서 이 서신들은 언제나 낭독과 기도에 사용하는 거룩한 본문일 뿐이다. 물론 이것들은 사사로운 편지가 아니고 그의 교회들의 여러 회중을 위해 기록한 것이고, 예배시간에 회중 앞에서 낭독하라는 것이며(「살전」 5, 27), 이것은 또 예배 시작과 마지막에 의전문, 기도, 축복의 말로도 사용된다. **그러나 이것들이 순수한 편지라는 사실에는 변함이 없다.** 이것들은 경건한 격언들의 수집도 종교적인 명상록도, 고대 이후의 문학사에서 많은 예를 찾아볼 수 있는, 필자가 단지 표현상으로 편지 형식을 취한 문학적인 예술작품도 아니다. **모든 순수한 편지처럼, 이것들도 특정한 기회에, 그때를 위해, 구체적인 동기에서, 특정한 사람들에게 쓴 것이다.**"[1]

3.

편지 쓰는 사람, 바울. 이것이 첫번째 핵심이자 마지막 요점이다. 사도 바울은 오롯이 편지 쓰는 자로서만 이해되어야 한다. 그러므로 "순수한 사건은 자연이라는 전체와도, 문자라는 정언명령과도 화해할 수 없다"[2]라고 말하는 유명한 현대 철학자의 진단은 편지 쓰는 사람 바울에 대해서는 전혀 들어맞지 않는다. 비록 그것

1) 귄터 보른캄, 『바울』, 허혁 옮김, 이화여자대학교출판부, 2006(1978), pp. 20~21. 강조는 인용자.
2) 알랭 바디우, 『사도 바울』, 현성환 옮김, 새물결, 2008, p. 112.

이 주목할 만한 가치가 있다 하더라도 말이다. 편지가 아니라 선언에 주목하는 이 철학자는 바울을 이용해 자신의 철학을 설파한 책에서 이렇게 적었다. "바울은 끊임없이 우리에게 말한다. 유대인들은 표징들을 찾고 '기적들을 요청'하며, 그리스인들은 '지혜를 찾고' 질문을 던지지만 그리스도인들은 십자가에 못 박힌 그리스도를 선언한다고 말이다. 요청-질문-선언, 이것이 바로 이 세 가지 담론의 고유한 언어적 모습들이며 그들의 주체적 태도이다."[3] 요컨대 철학하는 사람 알랭의 관점에서 바울은 오직 (그리스도를) 선언하는 사람으로서만 등장하는 것이다. 표징과 기적을 갈망하는 유대인들의 발밑을 무너뜨리는 동시에 지혜를 찾아 질문을 뱉어내는 그리스인들의 광장을 지진처럼 뒤흔드는 사자후, 사도 바울의 십자가 (혹은) 그리스도 선언. 틀린 말은 아닐 것이다. 그렇지만 더욱 근본적인 질문은 이것이다. 바울은 어떻게 '선언'에 이르게 되었는가? 그리고 어떤 권위에 의지하여 바울은 그리스도를 선포하고 있는가? 철학자의 대답은 간명하지만 빈약하고 진부하다. 권위가 아니라 약함에 의지해서,라는 것이다. 유대교와도 싸우고 그리스와도 싸우는 바울의 "세번째 담론은 약함 속에서 완성되어야 한다. 왜냐하면 바로 거기에 그것의 힘이 있기 때문이다. 그것은 로고스도, 표징도, 말해질 수 없는 것에 의한 황홀경도 되어서는 안 된다. 이 담론은 자체의 실제적인 내용 말고는 아무런 위세도 없이 공공연한 행동과 가식 없는 선언이라는 초라한 투박함만을 가질 것이다. 각자가 보고 들을 수 있는 것 외엔 아무것도 없을 것이

3) 같은 책, p. 115.

다."[4] 초라하고 투박한 바울의 선언은 각자가 보고 들을 수 있는 것에 불과하다. 그러면 이 보잘것없는 선언이 어떻게 유대인들의 예언과 그리스인들의 지혜를 이길 수 있었을까? 철학자는 여기서 '사건의 철학'을 도입한다. 순수한 사건 속에 뿌리를 둔 '보편성의 준칙' 덕분이라는 것이다.

본질적으로 혁명적인 그[바울-인용자]의 확신은 일자의 표징은 '모두에 대해 있는 것', 다시 말해 '예외가 없음'이라는 것이다. 단 하나의 신만이 존재한다는 것은 실체에 대한, 즉 지고의 존재자에 대한 철학적 사변이 아니라 하나의 말 건넴의 구조에 기반해 이해되어야 한다. 일자는 그가 말 건네는 주체들 안에 어떤 차이도 기입하지 않는다. 이것이 바로 사건 속에 뿌리를 두고 있는 보편성의 준칙이다. 일자는 모두에 대해 있을 때만 존재한다는 것이다. 인류 전체를 고려해야만 유일신은 이해될 수 있다. 모든 이에게 말 건네지 않는 일자는 풍화되고 사라진다.[5]

그렇지만 이 '사건의 철학자'는 모르고 있다. 사도의 선포는 실로 그가 전략적으로 수행한 편지 쓰기를 통해서만 가능한 일이었다는 사실을. 특정한 기회를 만나 특정한 상황을 타격하고 변화시키기 위해 구체적인 동기와 목표를 가지고 구체적인 사람들에게 편지를 씀으로써만 비로소 바울의 '보편적인 말 건넴'은 가능했다

---

4) 같은 책, p. 107.
5) 같은 책, p. 147.

는 사실을, 아마도 알랭은 모르고 있거나 아니면 적어도 애써 외면하는 것 같다. 멀리 떨어져 있는 공동체의 구체적인 상황을 대충 짐작할 수밖에 없는 처지에서 그 상황에 개입해야만 했고 또 그렇게 하길 간절히 원했던 바울의 편지 쓰기는 그러므로 침착한 관찰과 급박한 임기응변이 절묘한 비율로 뒤섞인 유례없는 글쓰기, 말 그대로 독특한singular 글쓰기가 되지 않을 수 없었다.[6] 바울의 편지가 신약성서의 주조를 이루고 있다는 사실, 예수의 삶과 행적을 기록한 복음서들은 바울의 편지보다 한참 뒤에야 쓰여졌다는 사실, 더 나아가 랍비 유대교의 경전이 종교적 질서에 따라 정연하게 정돈된 것 역시 바울의 편지들에 대한 뒤늦은 대응이었다는 종교사적·종교사회학적 사실은 바울의 독특한 글쓰기, 편지 쓰기가 얼마나 엄청난 위력을 가진 것이었는지를 실증하는 사례들 중 일부에 지나지 않는다. 요컨대 우리는 사도 바울의 사역이란 편지로 시작되어 편지로 완성되는 것이었다고 말해야 한다. 사도 바울은 그러므로 '사도 편지apost-le-tter', 바꿔 말해 '보내진/부쳐진 편지'와 같다. 바울은 편지로 보내졌고 부쳐졌다. 스스로가 부쳐진 자이자 부치는〔모자라는〕 자임을 누구보다 잘 알고 있었던 바울은 위험과 오해를 무릅쓰면서까지 (열세번째) 사도를 자칭/자처했다. 바울은 오롯이 편지로써 살고 죽었다.

4.

편지의 존재론적 위상학에 대하여 생각해보면 편지는 시차(時差

6) 귄터 보른캄, 같은 책, p. 21 참조.

/視差)로서 존재한다. 쓰는 자와 읽는 자, 보내는 자와 받는 자, 쓰여지는 내용과 읽히는 내용, 그리고 무엇보다 쓰여진 시간과 읽히는 시간 사이의 미세하고도 엄청난 차이에 의해서 편지는 존재한다. 우리는 편지를 부치지만 편지는 항상 (힘과 의미와 시간의 측면에서) 부친다[못 미친다]. 말하자면 편지는 시간의 틈 속에서 기다리는 존재다. 도착하길 기다리고, 도착한 이후에는 다시 도착하길 기다린다. 그렇지만 어디에? 도착한 이후의 도착할 목적지/수신자는 있을 수 없지 않은가. 그럼에도 편지는 기다린다. 편지는 오롯이 기다림으로써/서만 존재한다. 읽힌 이후에도 (마치 기적처럼) 다시 또 다시 읽힐 수 있으므로, 기다린다. (예외적으로) 도착은 갱신될 수 있고, 독해 역시 그러하다. 그러나 편지는 또다시 읽히길 도무지 기대할 수 없는 상황에서조차 기다린다. 하지만 놀랍게도, 그리고 누구나 알듯이, 오래 묵힌 편지는 이따금 예기치 않게 읽힌다. 이러한 빗나간 읽힘으로 인해, 빗나간 읽힘과 더불어, 편지는 변화하거나 스러진다. 그러나 이렇게 스러져가는 중에도 편지는, 여전히, 끝까지, 기다린다. 간직되기를, 간직됨 속에서 자기와 시간이 함께 완전히 스러져가기를. 편지는 스러져감으로서의 기다림이다.

5.

　편지와 함께, 편지처럼, 바울은 스러져가며 기다렸다. 아니, 기다리며 스러져갔다, 아득히. 이 아득함을 '경험'할 때에만 비로소 우리는 바울의 편지를, 그러니까 신약성서를 제대로 읽을 수 있다. '사건의 철학자'와 달리 바울 자체에, 바울의 편지 자체에 집중해서 제대로 읽을 줄 알았던 비(非)철학자 야콥 타우베스는 이렇게 말한다. "바울도 보편주의의 공기를 숨 쉬었다는 건 분명합니다. 하지만 이건 십자가에 못 박히신 분이 말한 바늘귀를 통과함으로써 도달한 보편주의입니다. 그리고 이 말은 이 세계의 모든 가치를 탈가치화했다는 뜻입니다. 그러니까 **선한 덕목의 집대성**summun bonum이라고 하는 노모스와는 아무 관계가 없는 겁니다. 때문에 바울의 말은 최고의 폭발력을 자랑하는 정치적 폭탄을 적재한 것이었던 셈이죠."[7] 그런데 바울의 정치적 폭탄이란 구체적으로 무엇이었을까? 그것은 '로마인들에게 보내는 편지'이다. 편지 쓰는 자 바울의 최고의 편지, 「로마서」. 이 문제적인 편지에 대한 비철학자의 결정적인 통찰을 들어보자.

〔건널 수 있는〕 다리Fallbrücke는 건너편에서부터 오는 겁니다. 그리고 우리가 이 다리를 건널 수 있을지 어떨지는, 가령 카프카가 썼듯이, 그 성공 여부는 우리 자신에게 달린 게 아닙니다. 엘리베이터를 타고 영혼의 아파트 꼭대기까지 갈 순 있겠지만, 그런 건 아무것도 아닙니다. 왜냐하면 분명히 막다른 지점〔절벽〕이 있을 테니까요. 〔……〕 건너편에서 무슨 일인가가 먼저 일어나야만, **그런 다음** 우리가 그걸 볼 수 있습니다. 별빛이 우리 눈을 찌른 뒤에야 말입니다. 그렇지 않으면 우리는 아무것도 못 봅니다.[8]

---

7) 야콥 타우베스, 『바울의 정치신학』, 조효원 옮김, 그린비, 2012, p. 64.
8) 같은 책, pp. 178~79.

바울은 이 세계, 그러니까 당시 로마 세계를 철저히 부정했다. 로마의 신자들에게 부친 그의 편지는 바로 이 로마 제거 작업, 즉 로마라는 세계, 아니 세계 전체를 깨끗이 비우는 작업을 위한 청사진 혹은 음모를 담은 것이었다. 타우베스가 이 편지를 로마에 대한 "정치적 선전포고"[9]라고 불렀던 것은 이 때문이다. 그런데 구체적으로 어떻게 해야 로마를 비울 수 있을까? 바꿔 말해, 로마 황제의 왕좌를 메시아가 임재하실 공간, 더럽고 하찮은 피조물들의 대기실로 바꿔놓을 수 있는 구체적인 방법은 무엇일까? 바울은 두 개의 핵심적인 전략을 편지에 담아놓았다.

1. 이방인들의 마음속에도 〔율〕법이 새겨져 있고 그것이 작용하고 있다. 즉 법은 마음속에 쓰여져 있는 것이다.
2. 할례의 이로운 점은 무엇보다 하느님께서 유대인들에게 당신의 말씀을 맡겨주셨다는 사실이다. 즉 믿음의 징표인 할례는 말씀의 위임에 다름 아니다.

바울이 편지를 통해 로마 황제 카이사르에 대항하는 정치신학을 펼쳤다고 보는 타우베스는 '사건의 철학자'가 그어놓은 분할선을 간단히 지워버린다. 유대-그리스-바울 대신 유대-로마-바울이라는 분할선을 그은 것이다. 타우베스에 따르면, 유대와 로마에 동시에 대항하여 그 두 세력 사이의 결정적인 결절 지점 혹은 이접 공간space of disjunction을 격파하는 것이 바울의 전략이었으

9) 같은 책, p. 45.

며, 실제로 이 전략은 성공했다. 그리고 이 전략을 실행 가능하게 한 방법론이 바로 위의 두 명제였다. 두 개의 핵심 어휘, 〔율〕법과 할례. 바울은 법의 활동 장소를 마음으로 전치시켰고, 또 할례라는 실제적 제의를 말씀의 위임(委任), 즉 약속으로 변경시켰다. 그러나 이것은 결코 간단한 문제가 아니다. 그래서 타우베스는 솔직히 고백한다.

바울이 "〔율〕법"이라고 말했을 때 무엇을 의도했는지를 식별해 낼 만한 능력이 제겐 없습니다(제 생각에 그런 능력을 얻는 것은 결코 쉬운 일이 아닙니다). 토라를 의미한 걸까요, 세계법Weltgesetz을 가리킨 걸까요, 자연법Naturgesetz을 생각한 걸까요? 이 〔율〕법이란 말에는 이 모든 뜻이 다 들어가 있습니다. 하지만 이건 바울의 잘못이 아닙니다. 그 시대의 분위기Aura가 그랬던 겁니다.[10]

첫번째 전략과 관련해서 존재하는 확정 불가능성을 인정했지만, 두번째 전략과 관련하여 타우베스는 할례가 아닌 약속의 근본성, 우위성은 고수한다. 그러니까 할례가 아니라 오직 말씀을 받(드)는 것만이 결정적이라는 것이다. 다시 말해, 핵심은 할례가 아니라 약속이다.

무한한 슬픔과 고통을 증거하고 또 그가 생각한 연대의 공동체로서의 이스라엘이 어떤 것인지를 증거하던 바울 말이죠. **그가 생각한**

10) 같은 책, p. 62.

공동체는 혈연의 공동체Blustuer wandtschaft가 아니라 약속의 공동체Verheißungs ver wandtschaft였던 겁니다! 모든 것이 여기에 달려 있습니다.[11]

6.

마음의 [율]법을 지키며 약속에 의지하여 살아가는 것, 그러니까 하느님의 말씀을 충실히 받들며 살아야 한다는 것, 이것이 바울의 핵심 주장이다. 이것은 '하느님을 사랑하고 또한 네 이웃을 사랑하라'는 예수의 두 가지 계율에 정확히 상응한다. 그러나 아직 문제는 남아 있다. 우리가 사랑해야 할 하느님은 어떤 하느님인가? 백성을 절멸시키고 온 세상을 피로 물들이는 구약의 하느님인가, 아니면 부활하여 승천한 예수그리스도의 아버지 하느님인가, 혹은 로마 황제를 대신하여 이스라엘 민족을 다시 일으켜 세워주실 예언자들의 하느님인가? 더 나아가 이 모든 하느님(들)이 과연 한 분이신 하느님인지 그렇지 않은지, 사람들은 도무지 알 수 없었다. 그리고 이 물음에 대한 대답은 치명적인 정치적·종교적 분쟁의 도화선이 될 것이었다. 바울의 대답은 이런 것이었다. '그 모든 하느님(들)은 한 분이신 하느님이지만, 우리는 그분을 결코 알 수 없다. 왜냐하면 그분은 아득히 멀리 계시기 때문이다.' 타우베스는 말한다. "바울이 생각한 하느님의 사랑은 너무나, 너무나 멀리 있는 겁니다. 이 지상과 이 하늘의 권력들에 의해, 혹은 [로마] 집정관들의 권력에 의해 하느님의 사랑, 예수그리스도의 아버지의 사

---

11) 같은 책, p. 71, 강조는 인용자.

랑은 끊어져 있었습니다."[12] 그러나 타우베스가 보기에 바울은 최고의 문헌학적 천재였다. 바울은 구약성서의 사건들을 예표로 독해하고 알레고리로 증폭시킨 최초의 인물이었기 때문이다. 그렇지만 이 천재의 술책이 정점에 다다른 것은 예표도 알레고리도 아닌 계율의 환원reduction에 의해서였다. 즉 바울은 '하느님을 사랑하고 네 이웃을 사랑하라'는 예수의 이중 계율을 하나로 줄인 것이다. "네 이웃을 사랑하라." 이 사랑은 그러니까 약속의 사랑이며, 사랑하겠다는 약속인 셈이다. 이렇게 해서 바울은 이 세상의 것이 아닌 공동체를 세우고, 그로써 또한 이 세계를 메시아적 공간으로 변화시켜 나가는 작업에 착수할 수 있었다.

7.
사랑(에)의 약속의 시간, 편지의 시간, 바울의 『남겨진 시간』. 이 책에는 다음과 같은 주석이 담겨 있다.

모세의 〔율〕법을 기능하지 못하게 함으로써 역사적 시간 속에서 활동하게 된 메시아적 심급은 계보학적으로 이 〔율〕법을 뛰어넘어 약속을 향해 거슬러간다. 두 계약 사이에 열린 공간이 바로 은혜의 공간이다. 그 때문에 '새로운 계약'은 새롭고 다른 규정들을 포함하는 텍스트─결국 그렇게 되긴 했지만─일 수는 없다. '새로운 계약'에 대한 언급에 앞서 나오는 놀랄 만한 구절들이 언급하고 있는 것처럼, 그것은 결코 잉크로 쓰여지거나 석판에 새겨진 텍스트가 아

12) 같은 책, p. 138.

니라 하느님의 숨결에 의하여 사람들의 마음속에 쓰여진 편지 ─즉 텍스트가 아니라 메시아적 공동체이며, 또한 글자가 아니라 삶의 형식인 것이다. "여러분이 바로 우리의 마음에 쓰여져 있는 편지입니다. 누구에게나 다 통하고 누구든지 읽을 수 있는 편지 말입니다." (「고린토인들에게 보낸 둘째 편지」 3. 2)[13]

되풀이하건대, 핵심은 약속이며, 약속에 따른 사랑이다. 무릇 약속은 근본적으로 하나일 수밖에 없다. 즉 약속은 언제나 예외 없이 사랑하겠다는 약속이다. 오직 이 사랑에의 약속 위에서만 메시아적 공동체는 존속할 수 있으며, 편지는 바로 이 약속의 실천을 위한 유일한 매체이자 방법이다. 바꿔 말하자면 메시아적 공동체에서는 서로가 서로에게 오롯이 편지인 것이다. 그러니까 바울은 바로 이 편지 공동체를 개시하고 건립한 인물이며, 따라서 실제로 편지 공동체가 아닌 '교회'를 바울과 연결 지으려는 모든 신학적·정치적·정치신학적 시도들은 각하(却下)되어야 하고, 될 수밖에 없다.

바울이 구상한 메시아적 공동체는 교회가 아니라 편지 공동체이다.[14] 그런데 이 공동체는 어떤 (삶의) 형식을 가져야 하는 것인가? 이 물음에 대해 궁구하기 위해서는 바울의 후계자를 찾아나서야 한다. 타우베스에 따르면, 「로마서」에 가장 적확하게 부응하는

---

13) 조르조 아감벤, 『남겨진 시간』, 강승훈 옮김, 코나투스, 2008. p. 201. 번역을 수정했으며 성서 번역은 독일어 성서를 참고하였다.
14) 교회의 시작이 누구부터인가에 대해서는 신학적으로 논쟁이 종결되지 않았다. 이 엄청난 문제를 여기서 간단히 언급하고 지나가는 것은 분명 만용이다. 하지만 그렇게 하지 않으면 달리 가능한 방법이 없다.

응답을 내놓은 사람은 바울 이후 대략 1800년의 세월이 흐른 뒤 독일 땅에 살던 벤야민 지파의 후손 발터다.[15] 1921년에 작성된 「신학-정치적 단편」에서 벤야민은 메시아적 공동체의 형식이 무엇인가에 관한 답을 적어놓았다. 그것은 바로 '행복'이다.

세속적인 것의 질서는 행복의 이념 덕분에 기운을 얻을 수 있는 것이다. 이 질서가 메시아적인 것과 맺는 관계는 역사철학의 본질적인 가르침 중 하나이다. [……] 한 화살의 방향이 세속적인 것의 동력을 작동시키는 목표를 나타내고, 다른 화살이 메시아적 강렬함을 나타낸다면, 그럴 경우 자유로운 인류의 행복 추구는 물론 저 메시아적 방향으로부터 멀어지려 애를 쓰지만, 이 멀어짐은 [마치 작용-반작용처럼] 자기 방향대로 움직이는 힘이 반대 방향의 힘을 촉진시키는 것과 같으며, [이와 같은 의미에서] 세속적인 것의 질서 역시 메시아의 나라의 도래를 앞당긴다. 따라서 세속적인 것은 결코 이 나라의 범주가 될 수 없다. 하지만 [이것 역시] 하나의 범주이며, 그것도 가장 적확한 범주들 중 하나, 즉 그야말로 지극히 조용히 이 나라가 다가오게 만드는 범주이다. **왜냐하면 지상의 모든 것은 행복 안에서 자신의 몰락을 위해 노력하기 때문이며, 또한 그것들은 오직 행복 안에서만 몰락을 발견하도록 정해져 있기 때문이다.**[16]

타우베스는 여기서 벤야민이 '행복 안에서 자신의 몰락을 위한

---

15) 야콥 타우베스, 같은 책, 7장 참조.
16) 같은 책, pp. 168~69에서 재인용. 강조는 인용자.

노력'이라 부른 것을 「로마서」 8장이 말하는 '피조물의 한숨'과 겹쳐 읽는다. 결국 같은 이야기라는 것이다. 여기서 우리는 이렇게 짐작해볼 수 있다. 행복 안에서 몰락을 위해 노력할 수 있는 길은 오직 하나, **자신의 존재 전부를 편지로 바꾸는 것** 외에는 없을 것이라고. 벤야민이 열정적인 편지 쓰기의 대가였다는 사실은 잘 알려져 있다. 그러나 더 주목할 만한 사실은 그가 단순히 편지를 쓰는 데 그친 것이 아니라, 그것을 아주 중요한 (삶의) 형식 가운데 하나로 간주하고 실험했다는 것이다. 데틀레프 홀츠Detlev Holz라는 필명으로 그 자신이 직접 수집하고 편집하고 나아가 주석까지 달아서 출간한 편지 모음집 『독일인들Deutsche Menschen』이 그 증례이다. 이 증례는 바울의 편지들이 신약성서 안에 가장 커다란 지분과 가장 중요한 위치를 점하고 있다는 사실과 어깨를 나란히 견줄 수 있는 것이다. 요컨대 이스라엘의 열두 지파 중 마지막 벤야민 지파 출신의 두 사람은 공히 편지 쓰는 사람으로서 살(아가)고 또 죽었던 것이다.

편지가 존재론적으로 시간의 틈 속에서 스러져가면서 기다리는(혹은, 같은 말이지만, 기다리면서 스러져가는) 형식일 수밖에 없듯이, 사랑의 약속에 의해 결합된 메시아적 공동체의 성원들 역시 그렇게 살아간다. 다시 말해 그들은 시간의 틈 속에서 스러져가면서 기다리는 삶을 살아간다. 첫번째 벤야민은 이들을 '호스메', 즉 '마치 ~ 아닌 듯 살아라'는 정언명법 아래로 불러들였고, 두번째 벤야민은 이들의 기다림을 '인식 가능성의 지금'으로 파악했다. 타우베스와 함께 이 두 벤야민들을 계승한 아감벤은 메시아적 공동체의 삶의 시간에 "남은 시간Il tempo che resta"이라는 이름을 붙였다. 그러나 이 지점에서 아감벤은 타우베스의 병렬법 혹은 중첩법Verdopplung(바울-벤야민)에 대해 사소하지만 간단치 않은 이의를 제기한다. 즉 그 병렬 혹은 중첩 자체는 타당하나, 텍스트들 간의 연결이 잘못되었다는 것이다. 그의 논변을 직접 들어보자. "타우베스의 직관은 확실히 옳다. 그러나 이 경우에 인용에 관해 이야기하는 것은——아마 예외적으로 벤야민이 쓴 '덧없음Vergängnis'이라는 단어 정도는 8장 21절에 대한 루터의 번역 '덧없는 존재vergengliches Wesen'와 부합된다고 말할 수 있겠지만——불가능할 뿐만 아니라 두 텍스트 사이에는 몇 가지의 실질적인 상이함이 존재한다. 실제로 바울에게 창조는 애초의 의도를 거스르는 덧없음과 파괴에 예속되어 있으며, 바로 그 때문에 구원에 대한 기대 속에서 고통을 견디며 한숨짓는 것이지만, 벤야민은 자연의 총체적이고 영원한 덧없음에 착안하여 천재적인 전도를 행함으로써 자연을 메시아적인 것이 되게 하였다. 그래서 이 메시아적 덧없음의 리듬은 행복인 것이다."[17] 요컨대 바울과 벤야민은 자연에 대해 정반대 방향에서 사유하고 있다는 것이다. 이런 이유에서 아감벤은 두 사람 사이의 평행성을 다른 곳, 즉 벤야민 최후의 저작 「역사철학테제」에서 찾는다. 이 테제의 5번에 등장하는 '이미지 Bild'라는 단어가 바울이 「고린토인들에게 보내는 편지」 등에서 사용한 '예표상typos'과 정확히 상응한다는 것이다.[18] "어쨌든 나는,

---

17) 조르조 아감벤, 같은 책, pp. 230~31, 번역은 수정하였다.

18) 이 문제와 관련된 개념사에 대해서는 Erich Auerbach, *Scenes from the drama of European literature, Minneapolis*, University of Minnesota Press, 1984에 실린 논문 「피구라figura」 참조.

비록 2천년이라는 시간을 두고 떨어져 있지만 공히 뿌리 깊은 위기 상황 속에서 쓰여진 바울의 편지들과 벤야민의 「역사철학테제」라는, 우리 메시아주의의 전통에 있어서 최고로 꼽을 수 있는 두 텍스트가 하나의 짜임새를 이루고 있으며, 이것은 [⋯⋯] 오늘날 '독해 가능성의 지금'을 맞이하고 있다고 생각한다."[19]

8.

(바울의) 편지와 (벤야민의) 테제가 하나로 짜여질 수 있도록 한 원리는 무엇일까? 그것은 문헌학(적인 것)이다. 그런데 문헌학 Philo-Logie/Philos-Logos이란 무엇인가? "그것은 단어 곁에서의 기다림이다."[20] 단어 곁에서의 기다림은 시간의 틈 속에서만 가능한 일이다. 다시 말해 편지로서만 가능하다. 시간이란 언어들, 더 정확히는 단어들의 연속적이고 불연속적인 리듬이다. 단어들의 연속은 쉼표 등의 구두점과 휴지(休止), 그리고 접속사에 의해 분절된다. 반면 단어들의 불연속은 대화와 응답, 그리고 침묵을 통해 구성된다. 완벽한 시에서는 단어들의 연속이 불연속과 구분 불가능한 하나가 되고, 완벽한 산문에서는 단어들의 불연속이 연속으로 비약한다. 그리고 이와 같은 단어들의 연속-불연속/연속= 불연속을 '메시아적인 것das Messianische'으로 구성하는 잠재태가 바로 「신학-정치적 단편」이 말하는 덧없음이다. 벤야민의 「니힐리즘적 메시아주의」를 다룬 탁월한 논문에서 벤야민 연구자 어

---

19) 같은 책, p. 237. 번역은 수정하였다.
20) Werner Hamacher, *95 Thesen zur Philo-logie*, Frankfurt am Main, Urs Engeler, 2010, p. 72. These 69.

빙 볼파르트Irving Wohlfarth는 다음과 같이 말하고 있다. 벤야민의 니힐리즘적 메시아주의에 따르면, 우리가 "얻을 것은 행복이요, 잃을 것은 행복의 길 위에 서 있는 모든 것이다. 이것은 그리스적 행복주의도 근대적 쾌락주의도 신 없는 무신론도 형이상학적 유물론도 아니며, 또한 반형이상학적 니체주의도 아니다. 〔……〕 덧없음Vergängnis이란 어휘가 어디서 어떻게 왔는지 그 유래를 알 길은 없다. 어쨌든 옛 사전들에 등재되어 있지는 않다. 이 단어는 시대착오적인 단어도 아니고 그렇다고 신조어도 아니다. 둘 다이면서 둘 다 아니다. 〔……〕 덧없음은 무상성Vergänglichkeit이 아니다. 그것들은 서로 전혀 다른 "아우라"를 갖는다. 무상성이 바니타스vanitas〔헛됨〕의 의미에서 영원성 앞에서 세계의 스러져감을 가리킨다면, 덧없음은 행복의 의미에서 세속/세계적인 것의 영원한 스러져감을 가리킨다. 〔……〕 덧없음 자체가 지속적인 것이요 고유한 "총체성"이요 생성 속의 존재이다."[21] 아감벤처럼 타우베스를 **비판적으로** 계승하는 볼파르트는 메시아적 자연이란 덧없이 스러져가는 자연이라고 말하는 벤야민을, 저 스러져감 속의 고통과 견딤을 설교한 바울 대신 오히려 그 자연의 덧없음을 있는 그대로 철저히 긍정한 니체와 결부시킨다. 그러니까 벤야민은 단지 바울의 후계자이기만 한 것이 아니라 더욱 중요하게는 니체의 제자이기도 하다는 이야기다. 그렇게 본다면, 결국 벤야민은 바울과

---

21) Irving Wohlfarth, "Nihilistischer Messianismus. Zu Walter Benjamins Theologisch-politisches Fragment," in: Ashraf Noor/Josef Wohlmuth (hrsg.), *Jüdische' und 'christliche' Sprachfigurationen im 20. Jahrhundert, Paderborn,* Ferdinand Schöningh, 2003, p. 171f.

니체의 종합──더 정확히 말하자면, 평형 상태에 다다른 최고도의 긴장관계!──이라 할 수 있다. 바울의 자연이 메시아와 구원을 고대하면서 신음하고 탄식한다면, 벤야민의 자연은 메시아와 구원에 대한 기대 없이, 기다림 (자체) 속에서, 다만 행복하다.

바꿔 말하자면, 첫번째 벤야민이 약속이라는 단어 '앞'에서 기다렸다면, 두번째 벤야민은 덧없음이란 단어 '곁'에서 기다렸다고 할 수 있다. 두번째 편지 쓰는 자는 덧없음으로부터 빠져나가게 되기를 기대하거나 혹은 덧없음을 떨치고 구원으로 상승할 수 있기를 소망하지 않았다. 말하자면 그는 덧없음 (자체) 속에서 행복을 느낌으로써 덧없음 자체를 덧없게 만들려 했던 것이다. 그러니까 '발터' 벤야민의 전략은 이 세계에 대하여 "마치 ~ 아닌 듯이 살아라"를 외쳤던 '바울' 벤야민의 전략에 한 차원 더 높은 술책을 가미한 것이었던 셈이다. 덧없음을 행복으로 여기며 살아감으로써 덧없음 자체를 덧없게 하는 것, 덧없음을 덧없음의 극치까지 몰고 가는 것, 덧없음의 덧없음을 완성하고 끝내는 것Voll-Endung, 이것이 발터 벤야민의 메시아주의였다.

9.
덧없음의 인식론적 위상에 대하여. 덧없음은 삶에서 멀리 떨어져 있지 않다. 그렇다고 가까이 서 있는 것도 아니다. 덧없음은 세월의 퇴적 속에서, 나이의 테 속에서, 곰팡이처럼 검버섯처럼 피어나고 재처럼 먼지처럼 흩어져간다. 따라서 삶의 지혜를 응축하거나 축적하는 것만으로는 덧없음을 제대로 인식할 수 없다. 이야기를 처음부터 끝까지 통과하고 난 뒤에야 '그다음'에 대해 물을 수 있듯이, 덧없음의 진행에 끝까지 동행하고 난 뒤에야 우리는 비로소 덧없음의 덧없음에 대해 이야기할 수 있다. 그러므로 덧없음은 인식론의 가장 먼 바깥, 가장 넓은 테두리를 이룬다. 더 나아가 덧없음은 심지어 '덧없다'는 발화에 의해서도 붙잡히지 않는다. '덧없다'는 말은 그저 덧없음과 관계된 인식론상의 어려움을 가리키는 기호일 뿐이다. 덧없음을 세속/세계적인 것das Profane의 영역과 결부시킨 발터의 문헌학적 술책은 자신의 선조 바울을 능가한 궁극의 한 수였다. 그는 제 선조에게 이렇게 말한다. "덧없음은 사랑이 아니라 덧없음 자체를 약속합니다. 다시 말해 우리에게 약속된 것은 오직 덧없음뿐입니다. 그러므로 우리가 사랑해야 할 것은 덧없음 바로 그것입니다." 덧없음을 덧없음의 끝까지 밀고 나갈 수 있는 방법은 세속과 세계 그리고 일상 속에서만 찾을 수 있다. 그러므로 우리는 덧없음을, 삶의 평범한 권태를 사랑해야 한다. 다시 말해 우리는 '그다음'을 물을 수 없을 때까지 계속해서 지루하고 비루한 이야기를 다시, 또다시, 엮어나가야 한다. 우리 삶의 불꽃이 다 타고, 재가 되어 다시 타고, 먼지가 되어서도 끝까지 타버려 마침내 희박하고 신선한 공기만 남을 때까지.

10.

'사건의 철학자'는 여전히 조급해 보인다. 그는 뭔가를 이뤄내려 한다. 초조한 그의 목소리. "사유는 기다리지 않는다. 또한 사유의 힘의 저장고는 고갈되지 않는다. 순응하려는 심원한 욕망—바로 그것이 죽음의 길이다—에 굴복하는 사람들을 제외하곤 말이다. 게다가 기다린다는 것은 아무 소용도 없다. 왜냐하면 어떤 표징에 의해 선행되지도 않고, 우리가 아무리 조심해도 은총으로 우리를 놀라게 하는 것이 바로 사건의 본질이기 때문이다."[22] 그러나 편지 쓰기의 달인이었던 벤야민 가문의 두 사내는 내도록 기다린다. 그들은 놀라지 않는다. 두 사람은 애초부터 기다렸고, 돌연 기다렸으며, 마침내를 넘어서 다시 또 기다리고 기다릴 것이다. 사랑에의 약속을, 덧없음에의 약속을. 덧없이, 기대 없이. 마치 이미 읽힌 편지처럼, 읽혀서 서랍 구석에 처박힌 편지처럼, 그렇게.

그러므로 바울(주의자)에겐 세 개의 문장만으로 충분하다.

시간이 걸린다, 기다리는 일에.
시간은 걸린다, 기대의 끝에.
시간을 건다, 기대 없는 기다림에.

22) 알랭 바디우, 같은 책, p. 214.

(곧) 떨어질 칼날을 기다리며

—임파감(臨破感)에 대하여

1.

목이 잘린 후의 1초, 그것(을 아는 것)이 인생이다. 백치의 이야기.

　머리가 이미 칼날 밑에 눕혀져, 무엇이 닥칠까 그 결과를 뻔히 알고 있는데, 갑자기 자기의 머리 위로 쇳덩이가 미끄러져 내려오는 소리를 듣는 최후의 4분의 1초가 어떠할지 생각해보세요! 그 소리는 반드시 들릴 것입니다. 나라도 단두대 밑에 있다면 그 소리를 의식적으로라도 들으려 할 거고 듣게 될 겁니다! 어쩌면 그 순간이 10분의 1초에 불과할지도 모릅니다. 그러나 여하튼 그 소리는 반드시 듣게 됩니다. 그리고 한번 상상해보세요. 지금까지도 왈가왈부하지만, 머리가 떨어져 나간 후 1초 정도는 자기 목이 날아갔다는 것을 의식할 수 있다는 것이 얼마나 해괴합니까. 만약 그것이 5초 정도라면 어떻게 될까요? 층계의 맨 위의 단만 가까이 명확히 보이게끔 단두대를 그려보세요. 사형수는 백지장처럼 하얀 얼굴로 마지막 계단

을 밟고 있고, 신부가 내민 십자가에 새파랗게 질린 입술을 탐욕스
럽게 내밀고, 두 눈은 〈모든 걸 다 알고 있다〉는 듯이 십자가를 바라
보고 있는 겁니다. 그림의 핵심은 십자가와 머리입니다. 신부의 얼
굴, 형리, 두 명의 형리보, 아래쪽에 보이는 몇몇 머리와 눈, 이 모
든 것은 배경의 액세서리로 안개에 싸인 듯 그려도 됩니다…… 이
것이 상상해본 모습입니다.[1]

2.

연극의 최상급, 단두대 처형. 단두대 또한 하나의 무대이다. 아
니, 단두대야말로 본래적 의미에서의 무대이다. 아니, 오히려 단두
대만이 무대이다. 모든 무대는, 그러므로, 예외 없이, 단두대인 것
이다. 이 지상이 곧 단두대-무대이다.

3.

이 무대 위에서 인식하는 '우리'가 기다리는 것, 그것은 칼날이
다. (곧) 떨어질 칼날. 우리는 소망한다, 그것이 곧 떨어지기를. 우
리에게 이 삶의 끝을 허락해주기를.

인식이 시작되는 첫 표지(標識)는 죽고 싶다는 소망이다. 현세의
삶은 견딜 수 없어 보이고, 또 다른 삶은 도달할 수 없는 것처럼 보
인다.[2]

1) 표도르 도스토예프스키, 『백치』상, 김근식 옮김, 열린책들, 2009(2007), p. 105.
2) 프란츠 카프카, 『카프카 전집2 —꿈 같은 삶의 기록』, 이주동 옮김, 솔, 2004, p. 421.

4.

놀라운 일이다. 좁디좁은 이 단두대 위를, 아무렇지 않은 듯, 크게 크게 활보하는 존재들이 이렇게나 많다는 사실은. 그러나 이 놀라움은 (곧) 떨어질 칼날을 또렷이 응시하는 자에게만 찾아오는 느낌이다. 단두대-무대 위에서 안 그런 척 애써 웃음 지을 수도 없고, 그렇다고 무대를 박차고 나가 은밀하게 비열하게 미소 짓는 관객이 될 가능성도 찾지 못하는 자에게만. 백치 카프카에게만. 우는 듯 웃는 표정을 가진 철저주의자Radicalist에게만.

5.

철저주의자 카프카는 파국을 알지 못했다. 현실성과 가능성의 차원 모두에서 그랬다. 카프카가 알았던 것은 오로지 임파감뿐이다. 파국이 임박했다는 느낌, 더 정확히는 파국이 임박했음을 아는 것이 가장 끔찍하다는 사실. 그러므로 임파감은 본질적으로 임파지(臨破知)여야 하고, 또 그럴 수밖에 없다. 임파지는 시계와 달력에 대한 논박이며, 임파감은 계획과 투자의 전면적 백지화이다. 모든 시계가 박살 나거나 녹아내린 상태, 모든 달력이 찢어지거나 지워진 세계, 그러므로 모든 계획과 투자가 완전히 도루묵이 되어 먼지처럼 흩날리는 우주. 백치 카프카의 우주. 단두대-무대의 미장센.

우리가 시간 개념을 단념한다면, 인간 발전의 결정적인 순간은 영속적이다. 그래서 예전의 모든 것을 무가치한 것으로 표명하는 혁명적 정신적 운동들은 정당하다. 왜냐하면 아직 아무 일도 일어나지

않았기 때문이다.[3]

6.

포주 김태용의 우주. 시계를 녹이는 시간, 시선, 야비한 신의 시
점(時點/視點).

인간은 스물네 시간 동안 시계를 쳐다볼 수 없다는 것을 스물네
시간 동안 시계를 쳐다보려는 시도를 하고 나서 깨달았다. 채 두 시
간도 버티지 못하고 나가떨어졌다. 〔……〕 한 시간 느린 시계를 찰
수밖에 없는 운명. 내 인생의 마지막 기회라고 생각해도 좋다. 남들
보다 한 시간을 더 살아보라는. 예정된 죽음을 한 시간 연장시켜주
겠다는 신의 야비한 장난.[4]

7.

이것은 묵시록이 아니다. 임파감으로 떨리는 손은 묵시록을 쓸
수 없다. 그가 쓸 수 있는 것은 오직 땅에 파묻히는 책, 읽을 수 없
는 책, 글자가 기묘한 그림으로 인식되는 책밖에 없다. 임파지의
작가는 무력하고, 임파감의 독자는 무시력(無視力)이다. 무력하여
무시력한 자들에게 묵시록은 가당치 않다. 볼 수 없는 자에게 허락
되는 글쓰기는 오직 죽음을 통과해야만 허락되는 글쓰기, 유언, 증
언, 침묵이다.

3) 같은 책, p. 412.
4) 김태용, 「포주 이야기」, 『포주 이야기』, 문학과지성사, 2012, pp. 11~12.

인간의 '맨 밑바닥'에는 단지 봄의 불가능성이 있을 뿐이라는 사실, 이것이 바로 고르곤이며, 그것을 본다는 것은 인간을 비인간으로 변해버리게 만든다. 본다는 것이 불가능하다는 이 비인간적 불가능성이야말로 인간을 부르고 인간에게 말을 거는 것이며, 인간 존재들이 외면할 수 없는 돈호법인 것이다. 다름 아닌 바로 이것이 증언이다.[5]

8.

백치의 1초, 포주의 한 시간. 볼 수 없는 시간, 단지 들을 수만 있는 시간, 인간이라는 이름을 비로소 가능케 하는 시간, 끔찍하고 나직한 돈호법. 갈라진 목소리, 갈라진 시간. 세계를 두 동강내는 돈호법의 시간. 단두대-무대의 시간.

9.

단두대의 칼날은 즉결심판에 따라 떨어진다. 도래할 최후의 심판에는 칼날도 단두대도 존재하지 않는다. 최후의 심판은 즉결심판에 대한 추인(追認)에 지나지 않기 때문이다.

단지 우리의 시간 개념이 우리로 하여금 최후의 심판을 그렇게 부르게 했다. 원래 그것은 하나의 즉결심판이다.[6]

---

5) 조르조 아감벤, 『아우슈비츠의 남은 자들』, 정문영 옮김, 새물결, 2012, p. 82.

10.

즉결심판은 거대한 공포를 유발하지 않는다. 즉결심판은 사소하고 간단하다. 그러나, 그렇기 때문에 망각된다. 단두대의 칼날, (곧) 떨어질 칼날이. 너무나 쉽게, 너무나 집요하게. 그러므로 즉결심판도 기요틴guillotine도 폭력의 범주에 속하지 않는다. 따라서 정당성에 대한 요구 따위를 제기하지도 않는다. 즉결심판은 정당성의 시간을 내파하거나 기만하며, 단두대 칼날은 폭력의 시간을 소거하거나 뒤집는다. 정당성과 폭력의 이접disjunction은 실제로 이 세상의 일들을 위한 필요조건이다. 그러므로 폭력과 정당성에 대한 최정우의 통찰은 이 세상을 고소하는 것이지 취소하는 것은 아니다. 세상이 아니라 세상의 권력을 조소하고 고소하는 것. 이것이 한계일까? 그럴 수는 없을 것이다. 그렇다면 이것은 전략일까? 그럴 수는 있을 것이다.

정당성에 대한 결정은 무엇보다 사후적으로nachträglich 온다. 하지만 이러한 사후성 자체를 거세하는 것, 사후적인 것을 오직 사전적인 것으로 치환하고 규정짓는 행위 속에 바로 독점적 폭력의 '심리적 기제'가 존재한다(그러므로 현실의 치안과 경찰은, 영화의 그것과는 정확히 반대되는 의미와 모습으로, 너무나 빨리, 너무나 신속하게, 그리고 너무나 잔혹하게 출현한다).[7]

6) 프란츠 카프카, 같은 책, p. 433.
7) 최정우, 『사유의 악보』, 자음과모음, 2011, p. 36.

(1)

포주의 한 시간, 글쓰기의 시간. 정당성을 결정하지 않는 사후성의 시간. 오직 이 시간 속에서만 우리는 말할 수 있다. "지금 우리는 종말 없는 종말을 살아가고 있다"고.[8] 그러나 이렇게 말하는 것은 이 세상의 길을 걷는 자의 혀가 아니(어야 한)다. 엄밀하게 또는 엄격하게 말하자면, 모든 글쓰기는 엄격하고 엄밀해야 한다. 이렇게 볼 때, 종말과 파국의 유무에 대한 글쓰기는 제 혀를 자르는 손의 글쓰기라 할 수 있다. 우리는 파국을 말하거나 쓸 수 없기 때문이다. 우리는 다만 임파감 혹은 임파성(臨破性)에 대한 예감을 말하거나 쓸 수 있을 뿐이다. 따라서 그것이 "현실의 일부분으로서 즐길 만한 재난에 대한 환상의 클리셰"든 "현실의 일부분으로 통합되는 것에 저항하는 환상의 과잉, 과잉의 환상과 한 몸이 되는 서사 형식"[9]이든 파국을 말하는 입, 종말을 쓰는 손은 처량하고 처참할 따름이다. 2천 년 전 제1로마제국을 증오한 손들이 그러했고, 2천 년 뒤 제13로마제국이 망하길 바라는 손들 역시 그러할 것이다. 세상을 증오하는 거친 목소리와 파괴를 갈망하는 기괴한 제스처 들은 나름의 역사를 가지고 있다. 그리고 이 역사는 전혀 새롭지도, 놀랍지도 않다. 그것은 오히려 세상 몸통의 중요한 관절들을 이룬다.

---

8) 복도훈, 『묵시록의 네 기사』, 자음과모음, 2012, p. 50.
9) 같은 곳.

(2)

물론 믿음의 표현인 한에서 묵시록(적 작품들)은 하나의 주목할
만한 현상이긴 하다. 그러나 이보다 더 주의를 요구하는 것은 묵시
록에 대한 이론적 진지 구축 작업이다. 공포를 유발하는 것보다 성
찰을 요구하는 작업이 훨씬 더 어렵고 힘든 것이라는 점에서 뿐 아
니라, 전선front과 입장standpoint을 분명히 하는 일이야말로 이
세상과의 싸움에서 가장 우선적이라는 점에서도 그러하다. 하나
또는 두 개의 전선과 하나 또는 두 개의 입장들. 복도훈과 최정우.
이들이 파고 쌓은 진지는 긴요하게 문제적이다. 복도훈은 너무 빠
르고, 최정우는 너무 느리다. 하지만 이들은 같은 전장에 있다. 적
어도 그렇게 보인다. 두 사람에게 공통된 사항은 '너무'라는 단어
다. 바꿔 말하자면, 이 두 전사는 템포를 전략으로 전환시키는 법
을 알고 있으며, 그러한 전환을 통해서 전선을 바꾸는 것이 가능하
다고 믿는다. 복도훈이 자기에게 붙을/는 레떼르에 괘념치 않으면
서(!) 치밀어 오르는 분노를 연료 삼아 미래의 끝을 향해 치닫는다
면, 최정우는 누구라도 결코 레떼르를 붙일 수 없도록 사유의 표면
을 미끄럽게 매끄럽게 연마하면서 되도록 늦게, 되도록 더 늦게,
그 어딘가Irgendwo에 다다르(지 않으)려고 한다. 그러나 복도훈의
액셀러레이터와 최정우의 브레이크는 나란하다. 이 나란함이 그들
의 '너무'함을, 너무한 글쓰기를 가능케 한다. 조그마한 뗏목으로
성난 대해(大海)를 이기려는 자와 항공모함으로 육지를 항해하려
는 자.

(3)

복도훈의 전선: 파국을 몰고 오면서 그것을 가능케 하는 체제—
자본주의에 맞섬.

복도훈의 입장: 냉소주의를 처단하라!

"**2011년 덧붙임**: 우리는 파국을 원할까, 두려워할까. 우리는 파
국을 즐기기도 하지만 실제로 그런 파국이 눈앞에서 일어나는 것
을 원하지 않을 수도 있다. 파국에 대한 반응은 모더니티 체험에
대한 우리의 양가성과도 깊은 관련을 맺고 있다. 모더니티는 모든
것을 끊임없는 변화로 몰고 가는 유동적·액체적인 속성, 그리고
이 상황이 앞으로도 변하지 않을 것만 같은 정태적·고체적인 속성
모두로 우리에게 체험된다. 이것은 파국이라는 격변하는 사태 앞
에서 변화를 열망하는 것으로 반대로 옛것을 고수하려는 태도로
나타나기도 한다. 이 글에서는 파국을 즐기면서도 두려워하는 파
국에 대한 양가적인 반응 중에서 가장 지배적이라고 할 만한 냉소
주의를 문제 삼았"¹⁰⁾다. 복도훈의 적은 권력(주의)자가 아니라 냉
소주의자이다. 파국에 대한 가능한 네 가지 반응—정신병, 부인
(否認), 강박증, 히스테리—가운데 두번째 '부인'에 해당하는 냉소
주의가 복도훈에 의해 묵시록적 전쟁터에서 가장 위협적인 적으로
지목된 것이다. "냉소주의자는 파국을 목도하면서도 마치 그것이
존재하지 않는 것인 양 생각하고 행동한다. 세계의 종말을 즐기면
서도 그러한 즐김을 가능하게 해주는 체제에 대해서는 좀처럼 숙
고하려 들지 않는다. 파국에 대한 심리적인 반응 중에서 오늘날에

10) 같은 책, p. 52.

이데올로기적으로 가장 징후적이다."[11]

(4)

그러나 인간과 세계의 시간 속에서 파국은 불가능하다. 만약 파국이 정말로 도래한다면, 우리에게 파국에 대한 인식을 위한 시간은 허락되지 않을 것이다. 따라서 우리는 파국을 인식할 수 없다. 파국의 힘 속에서 우리의 존재는 파국 이전의 것과 전혀 다른 것으로 변양된다. 다시 말해 파국 속에 우리는 이미 없(을 것이)다. 엄밀하고 엄격한 의미에서 '파국'은 존재 전체를 포괄하는 것일 때에만 파국일 수 있다. 부분적·국지적·한시적 파국은 파국일 수 없다. 그것은 그저 임파감을 불러일으키는 작은 징후에 지나지 않는다. 따라서 "파국을 목도하면서도 그것이 존재하지 않는 것인 양 생각하고 행동"하는 것은 전혀 불가능한 일이다. 그러므로 또한 우리는 파국을 즐길 수도, 또 그것이 눈앞에서 일어나기를 원하거나 원하지 않을 수도 없다. 결코 그럴 수 없다. 하물며 세계의 종말을 즐기게 해주는 체제가 어떻게 존립할 수 있겠는가. 파국은 전체의 차원에서만 가능하며, 그렇지 않다면 단지 은유——물론 아주 중요한 은유일 테지만——로 쓰일 수 있을 뿐이다. 복도훈의 냉소주의자는 복도훈의 포격 앞에서 느긋하다.

(5)

파국에 대한 반응이 아니라 임파감에 대한 입장을 분류해볼 수

11) 같은 책, p. 53.

있다. 다시 말해 세계의 끝을 생각하는 자들을 크게 다섯 개의 집합으로 나눌 수 있는 것이다. 첫번째, 광신주의자. 광신주의자는 이렇게 말한다. "세계가 끝장날 것이 이렇게 분명한데, 도대체 인간들은 무슨 짓거리들을 하고 있는 거야?! 빨리 종말에 대비해야 해!" 두번째, 냉소주의자. "세계가 끝나건 말건 무슨 상관이람. 어차피 모든 시대마다 다 종말에 대한 두려움은 존재했어. 우리라고 뭐가 다르겠어." 세번째, 극단주의자. "세계의 악과 싸우고 더러운 쓰레기들을 치워야만 우리가 안전할 수 있어. 그러니 우리는 뭉쳐야 해." 네번째, 근본주의자. "신의 뜻에 따라 우리는 성스러운 전쟁을 치른다. 이렇게 싸우는 것은 저 높은 세계에서 크고 화려하게 보상을 받기 위함이다. 그러니 몸과 목숨을 온전히 바쳐야 한다." 전자의 두 입장은 이 세계 전체의 끝을 생각하는 반면, 후자의 두 입장은 세계의 일부의 끝을 원한다. 다시 말해 끝은 항상 전체와 부분으로 갈라져 있는 것이다. 하지만 끝이란 항상 전체의 끝이어야 한다. 다시 말해 전체를 끝낼 수 없는 파국과 종말은 결코 파국과 종말일 수 없다. 이 네 가지 입장과 구별되는 다섯번째 입장, 철저주의자. 그는 이렇게 말한다. "모든 인간적인 과오는 조급함, 방법론적인 것의 때 이른 중단, 가상적인 일에 가상적인 울타리를 치는 것이다."[12] 철저주의자는 '목이 잘린 후의 1초'에 다다를 때까지 결코 최종 판단을 내리지 않는다. 아직 목소리가 살아 있다면, 그가 (해야) 하는 일은 조급함과 싸우는 일이다. 아직 글씨를 쓸 수 있는 힘이 손에 남아 있다면, 그가 (해야) 하는 일은 방법론적인 것

---

12) 프란츠 카프카, 같은 책, p. 410.

을 끝없이 끊임없이 세공하고 갱신하는 것이다. 아직 세상의 장면들을 바라볼 수 있는 시력이 눈에서 나온다면, 그가 (해야) 하는 일은 가상적인 일과 가상적인 울타리를 제거하는 것이다. 철저주의자는 철저히 기다린다. 기다리고 기다린다.

(6)

최정우의 전선: 존재하는 책들의 서문과 후기들.

최정우의 입장: 교배되지 않은, 순수한, 모노톤의 악보들을 편곡하라.

"누군가는 '자폐적인' 이념의 시대는 가고 '소통적인' 실용의 시대가 왔다고 지저귄다. 그러나 이념의 시대는 가고 실용의 시대가 왔다는 이 말만큼 공허한 말, 이 지저귐만큼 공허한 지저귐은 없다. 이제 이념 논쟁을 끝내라는 말은 이제 인간이기를 포기하라는 말과도 같기 때문이며, 인간을 움직이는 것은 근본적으로 이념이라는 (과거의) 사실은 현재에도 변함없는 사실이기 때문이다(그러나 이 사실은 결코 '인간주의적'으로 해석되어서는 안 된다). 그런데 어떤 이들은 이념을 포기하라는 또 다른 이념을 강요하면서 신자유주의의 공식적인 상속자로, 어떤 '시대의식'의 총아이자 대표자로, 그렇게 스스로를 자리매김한다. 그러나 이렇듯 '이념의 시대는 갔다'는 '시대의식'을 주장하는 것 역시 그 자체로 이미 이념적인 것이 아닌가? 문제는 저들이 '이데올로기란 무엇인가'라는 최종적 물음에 대해 극도의 무지와 무감각을 노출하고 있다는 점이다. 그 물음에 대한 '대답'에 무지하고 무감각한 것이 아니라 그 '물음 자체'에 무지하고 무감각하다는 사실이 바로 이 무지와 무감각만의 무시무시한 실체인 것. 저 '실용의 시대'라는 괴물은 그 자신이 하나의 편협한 이념으로부터 탄생했다는 사실을 보지 못한다. 그것은 그들에게 '보이지 않는' 무엇이지만, 동시에 그들은 그 '보이지 않는 것'에 의해 구성되고 있으며 또한 그들은 바로 자신들의 '출생의 비밀'을 보지 못하거나 감추는 한에서 비로소 '그들'일 수 있다. 바로 이 때문에 우리는 이 시대가 그 어떤 시대보다도 더욱 더 강렬하게 이론적 투쟁의 지점들을 소환하고 있다고 말해야 한다."[13]

(7)

존재하는 책들은 (어떤 목적에서든) 쓰인다(이용된다). 제아무리 정교하고 복잡하게 조직해 놓아도 단순한 목적을 위해 쓰일 수 있다는 점에서 책은 실용적이다. 책은 순수하게 실용적이다. 그리고 실용은 순수하다. 이념으로부터, 이데올로기로부터. "이데올로기가 바로 그 이데올로기에 대한 해명과 폭로로써만은 결코 사라지지 않는 것과 마찬가지로, 우리 시대 혹은 우리 세대가 지닌─나는 '우리'라고 말하지만, 어쩌면 내가 속해 있을 이 '우리'들은 오히려 우리를 '그들'이라고 말할지도 모를 터─불안과 우울증에 대한 저 깊은 무감각은, 그것의 직접적 원인으로 생각되는 것들을 파악하고 제시한다고 해서 절대 깨지거나 사라지지 않는다."[14] 빛나는 통찰이다. 그리고 이 하나의 문장만으로 우리는 이 책을 읽었다

13) 최정우, 같은 책, pp. 524~25.
14) 같은 책, p. 9.

고 할 수 있다. 그러나 물론 비실용적으로. 결코 깨지거나 사라지지 않는 무감각에 대항하기 위해 최정우가 활용하는 전략은 극단으로 몰아/몰려가는 것이다. "그렇다면 우리는 저 불안과 우울증을 극단으로 가져갈 필요가 있다. 그것을 치유하지 않고 오히려 확장하며 그 환부를 더욱 증폭시킴으로써 우리는 이러한 사태의 시작과 끝을 확인하고 조망하며 그 극단에 달할 수 있다."[15] 실용을 이기기 위해서는 존재할 책들을 써서는 아니 된다. 그럼에도 그는 책을 썼다. 그러나 그는 소망할 것이다. 그의 책이 결코 존재하지 않(게 되)기를. 배반당한/할 소망.

(8)

이 지점에서 그의 '입장'이 중요해진다. 그의 입장은 작곡자의 그것이 아니라 편곡자의 그것이다(비록 현실에서의 그가 우선적으로 작곡자인 사정을 감안하더라도 이 진술은 철회될 수 없다). 그가 (해야) 하는 일은 악보를 고치는 것이다. 교배를 모르는, 완고한, 접속junction을 모르는, 순수한, 리듬을 모르는, 단순한, 세상의 모든 악보들을 고쳐 쓰는 것. 그러니까 그는 무엇보다 악보를 사유하는 사람이고, 그렇기 때문에 『사유의 악보』를 쓴 것이다. 그가 책의 말미(13악장)에 「파국의 해석학: 후기(後期) 혹은 말년(末年)의 양식이란 무엇인가」라는 편곡 작업을 위치시킨 것은 이런 맥락에서 이해할 수 있다. 사이드-라캉(의 번역)의 악보를 편곡하는 작업, 파국의 해석학. 이 독특한 작업에서 최정우에게 가장 중요한

---

15) 같은 곳.

참고인으로 소환된 사람은 해롤드 핀터이다. 작고한late 참고인은 그에게 다음과 같은 결정적 대화를 들려주었다.

데블린: '끝내다'라는 단어를 잘못 사용하고 있는 것 아니야? 끝은 끝낸다는 것을 뜻해. '또' 끝낼 수는 없어. 당신은 한 번 끝낼 수 있을 뿐이야.
레베카: 그렇지 않아. 당신은 한 번 끝낼 수 있어. 그러고 나서 또 끝낼 수 있지.[16]

(9)

한 번 끝내고 또 다시 끝내는 것, 편곡. 이것은 최정우의 소명이자 사명이며, 그리고, 그러나 또한 결국 허명(虛名)이다. 쪼개진 끝과 전체의 끝, 여러 개의 끝들과 단 하나의 끝 사이에서, 최정우는 고친다. 존재하는 책들과 잘못 연주되(고 있)는 악보들을. 그가 사이드의 말년성/후기성에 (다소 감정적으로!) 주목하는 것은 소명에 대한 (수도자적인) 자각이자 사명에 대한 (인간적인) 거부감의 표현이다. 편곡자 최정우는 '늦어버린' 사이드에게 묻는다. "그렇다면 요절한 예술가에게도 말년성이란 존재하는 것인가?"[17] 사이드보다 더 일찍 늦어버린 카프카, 가장 늦게까지 기다리는 철저주의자에게도 같은 질문을 던져보자. "요절한 예술가에게도 말년성은 존재합니까?" 그는 분명 철저하게 늦게 대답할 것이다. 어쩌면 그

16) 같은 책, p. 493에서 재인용.
17) 같은 책, p. 475.

의 목소리는 너무나 철저하게 늦어서 우리 귀에 들리지 않을지도 모른다. 우리는 이렇게 생각할 수 있다. 책을 쓰는 것은 조급함의 표현이다. 그러나 쓰지 않는 것 역시 조급함의 표현이다. 기다리는 것은 조급함을 억누르거나 조급함과 싸우는 것이 아니다. 기다리는 것은 조급함과 함께 머무는 것이다. 그러므로 철저하게 멍청한 카프카의 대답을 가만히, 가만히, 끝까지 가만히 기다리도록 하자.

(10)

(곧) 떨어질 칼날을 기다리며.

목이 잘린 후의 1초를 기다리며.

야비한 신이 늘여/늦여 놓을 내 시계의 한 시간을 기다리며.

우리가 (해야) 할 일은 존재하지 않을 책들을 쓰는 것이다. 잃어버린 시간을 찾던 마르셀처럼 말이다. 쓴다는 것은 항상 늦는다는 것이다. 늦어야만 한다. 우리의 삶은 오직 'lateness'로 충만해야 한다. 그러기 위해서 우리는 존재하지 않을 책들을 써야 한다. 하지만 어떻게? 이미 쓴 것을 (다시 고쳐) 씀으로써. 놀라울 정도로 '늦었던' 지크프리트 크라카우어는 마르셀에 대해 이렇게 말했다. 그리고 이 말은 결정적인 한 문장이다. "그는 그가 이미 썼던 소설을 쓰기 시작한다."[18] 마르셀의 삶을 단 하나의 문장으로 압축할 줄 알았던 크라카우어에게 가장 중요한 사람들은 역시 「기다리는 자들」이었다.

---

18) Siegfried Kracauer, *History: The Last Things Before the Last*, Princeton, Markus Wiener Publishers, 1995(1969), p. 163.

그〔기다리는 자-인용자〕의 회의가 근원적인 회의로 퇴화되는 것이 아니라는 사실을 애써 강조할 필요는 없을 것이다. 그러나 처음부터 그의 존재 전체는 절대적인 것과 관계를 맺도록 정해져 있다. 기다리는 자의 태도가 가진 본래적인 형이상학적 의미는, 실로 존재 전체가 〔서로〕 관계를 맺을 때가 되어야만 비로소 절대적인 것이 틈입해 올 수 있다는 사실에 근거를 두고 있다. 〔……〕 어쨌든 우리가 말할 수 있는 최선은 이것이다. 즉 여기서 이야기되는 사람들〔기다리는 자들-인용자〕에게 중요한 것은, 이론적 자아das theoretische Ich로부터 전 인류/인간적 자아das gesamtmenschliche Ich로 강조점을 옮겨놓는 것, 그리고 형태 없는 힘들과 의미 없는 업적들 Größe로만 이루어진, 자동화된 비현실적 세계로부터 빠져나와 '참됨Wirklichkeit'〔현실〕의 세계, '참됨'〔현실〕에 의해 감싸인 영역들로 들어가려고 노력하는 것.[19]

기다리는 자들은 묵시록에 대해 신경쓰지 않는다. 기다리는 자들은 단두대-무대 위에 서 있다. 그들은 (곧) 칼날이 떨어질 것을 알고 있으며, 심지어 그것을 기다리기까지 한다. 그들은 삶의 시간이 아닌 1초 속에서 쓴다. 이미 쓴 것을 (다시 고쳐) 쓴다. 부분적으로 끝난 것이 전체적으로 끝날 때까지, 끝낸 것을 다시 끝낸다. 잘못 연주되는 악보를 고친다. 냉소주의자와 대화하면서 철저하게

19) Siegfried Kracauer, *Das Ornament der Masse*, Frankfurt a. M., Suhrkamp, 1977, pp. 117~18.

기다린다. 철저하게 쓰임 받고, 철저하게 쓴다. 기다리는 자는 철저주의자이다. 기다리는 포주 김태용은 「포주 이야기」를 처음부터 (다시 고쳐) 쓸 것이다. 너무 빨리 '늦어버린' 복도훈은 여전히, 그리고 더 빠르고 더 강력하게, '종말 없는 종말'을 선포할 것이다. 그리고 아직 임파감 속에서 '존재하는' 최정우에게는 쓰여지지 않은 곡들의 편곡 의뢰가 나날이 늘어갈 것이다. 아니 그가 자청(해야) 할 작업이. 하지만 칼날은 (곧) 떨어진다. 그러므로 "우리는 마지막 표정으로만 얼어야 한다(서효인)."

결정적 논고

—사랑(의 이름)에 대하여

누구나 자신의 이름을 쓰며 당황하거나 방황하는 법이다 이름은 병을 앓은 적 없다
나는 그것의 뒤를 사랑하고 싶다 사랑의 길고 가는 뼈 그러니,
—유희경

1.

　사랑은 언제나 이름에 대한 사랑이다. 사랑의 모양/문양은 아라
베스크Arabeske이고, 사랑의 방법은 아이러니Ironie이며, 사랑의
궁극은 거리-두기Distanz이다. 이름이 없을 때, 사랑은 코끝을 간
질이는, 참아내기 힘든 예감으로만 남을 뿐이다. 노을처럼 빛나는
세계의 끝을 함께 여행하고픈 낭만적인 마음이 시나브로 나이를
먹어가는 연인의 주름살이나 주근깨를 그리워하는 마음과 오롯이
포개어질 수 없다면, 그렇다면 사랑은 하룻저녁에 지워지고 마는
화장이거나 아니면 한순간에 휘발해버릴 몽환에 지나지 않을 것이
다. 덩굴손처럼 알 수 없는 방향으로 무한히 뻗어나가면서도 끝끝
내 서로를 놓지 않고 감싸 안는 모양(아라베스크)이 아니라면, 사
랑은 다만 지루하거나 속절없을 것이다. 적절한—그런데 이 말은
얼마나 어려운가!—거리가 결정·유지·조정되지 않을 때, 사랑은
쉽사리 질투나 집착으로 변하고 만다. 그러나 이 세상에서 가장 아

름다운 아라베스크 장식도, 감탄사를 연발하게 만드는 탁월한 아이러니도, 심지어 기가 막히게 절묘한 거리 감각마저도, 이름이 없다면, 정말 아무것도 아니다. 이름이 없으면, 사랑도 없다. 누군가 사랑이라 말할 때, 그것은 항상 이름에 대한 사랑을 가리키는 것이다. (덧붙이자면, 우리가 보통 '사랑'을 말할 때 떠올리는 연인들의 사랑이 이름에 대한 사랑과 맺고 있는 관계는, 생각할 수 있는 가장 작은 원——그러나 논리적으로 이것은 연장을 갖지 않는 점point이므로, 사실상 원이 아니라고 말할 수도 있다——이 무한대에 가까운 지름을 가진 원에 내접한 상태와 같다. 따라서 이름에 대한 사랑은 연애와는 지극히 사소한 관계만을 가질 따름이다.)

2.

(이름에 대한) 사랑을 말하기 위해서 가장 먼저 생각해야 할 문제는 사랑의 편재성 혹은 항상성을 주장하는 통념이다(끝없이 쏟아지고 버려지는 유행가들이 이러한 통념의 구현체이다). 그리고 이와 어깨를 견주는 또 하나의 편견이 있는데, 그것은 '이 세상에 사랑 따위는 없다'라는 냉소주의자들의 생각이다. 물론 이처럼 극단적인 생각이 타당성을 인정받기는 어려울 것이다. 그러나 극단적인 생각이 아닌 극단 자체는 사유와 성찰을 위한 중요한 주춧돌 혹은 디딤돌이 될 수 있다. 그러니까 이 세상에 존립하는 (이른바) 사랑이라는 사태를 직관해보면 다음과 같이 말할 수 있을 것이다. 사랑의 포만과 사랑의 고갈은 각기 하나의 극을 이룬다. 이 두 극 사이에서, 즉 속되고 덧없는 이 세상 곳곳에서 사랑에 대한 기대와 착각이, 사랑받기 위한 유혹과 증여가, 사랑하는 이에 대한 믿음

과 실망이, 마지막으로 사랑을 (다시) 만들거나 지키기 위한 (한쪽의) 노력과 (이 노력에 대한 다른 쪽의) 부응, 그리고 (양쪽 모두의) 좌절이 끊임없이 소용돌이치고 있다. 오해를 예방하기 위해서 일러두자면, 소용돌이 모양과 아라베스크 모양은 너무 비슷해서 혼동되기 쉽지만, 그럼에도, 아니 바로 그렇기 때문에 양자를 구별하는 일은 무엇보다 중요하다. 그래서 삶 속에서 실천을 통해 이 과제를 완수하는 자에게는 최상의 영광이 주어져야 마땅하다. 소용돌이와 아라베스크 무늬 사이의 관계는 질투와 사랑 사이의 그것과 같다. 대개의 경우 질투는 시간에 비례해 길어지는 사랑의 그림자로 나타나거나 아니면 기껏해야 사랑의 데스마스크 혹은 사이비(似而非)로서만 등장할 뿐이다. 그러나 질투는 이처럼 가볍게 넘길 수 있는 주변적·일탈적 현상이 결코 아니다. 이에 대해서는 다음 한 가지 사실을 지적하는 것으로 충분할 것이다. 즉 질투는 인간 사회의 무수한 국면 속에서, 인간적 관계의 다양한 변화 양상에 따라 돌연하고도 집요하게 등장한다는 사실 말이다. 요컨대 이 세상에 편재하는 것은 사랑이 아니라 질투이다.

따라서 우리는 다음과 같은 비유를 통해 사태를 제대로 직시해야 한다. 사랑과 질투는 원수지간이 된 형제다. 그러나 이 관계는 상호 적대에 의해 만들어진 것이 아니다. 원수는 일방적 적대에 의해서도 충분히 생성될 수 있다. 그렇다면 누가 누구를 적대하는가? 형이 동생을 적대한다. 그러니까 질투의 이름은 카인이고, 사랑의 이름은 아벨인 셈이다. 질투에 사로잡힌 형은 신의 섭리를 수학적으로 계산하고 논리적으로 연산해본 뒤 그 결과에 따라 기계적으로 행동했다. 동생을 쳐 죽인 것이다. 카인은 동생을 죽인 벌로 땀 흘려 땅을 일구는 노동을 하게 된 것이 아니다. 동생을 쳐 죽이기 위한 계산/연산 행위부터가 이미 더없이 고통스러운 노동이었기 때문이다. 이 노동의 고통에 비하면 농사를 짓는 수고 따위는 아무것도 아니라고 할 수 있다. 요컨대 질투는 이 세상에 존재하는 모든 정념passion 가운데 가장 강렬하고 가장 소모적인 정념이다. 질투가 죽음/살인의 장면과 빈번히 연결되는 것도 이 때문이다. 이에 반해 사랑은 가장 약하고 허술한 정념, 실로 정념이라 부를 수 없을 정도로 희미한 정념이다. 이 관계를 압축적으로 표현해보면 다음과 같다. 질투는 천신만고 끝에 죽이고, 사랑은 어이없게 죽는다. 질투는 간신히 끝에 도달하고, 사랑은 단 한 번의 도약으로 끝을 뛰어넘는다. 질투는 모든 것을 소유할 수 있지만, 단 한 가지 '이름'만은 절대로 가질 수 없다. 반면 사랑에게는 오직 이름만이 존재한다. 사랑은 편재하는 것도, 항구적으로 존재하는 것도 아니다. 그러나 또한 사랑은 부재하지 않는다. 사랑은 오롯이 순간으로—"순간 속에서"가 아니다!—존재한다. 사랑, 이름으로 불리는 순간.

3.

사랑은 오직 이름만을 안다. 이에 반해 사랑의 사이비에게는 결코 이름이 주어지지 않는다. 사랑의 사이비, 즉 질투가 제멋대로 이름을 조작하면, 이름의 엔트로피가 엄청나게 증폭한다. 질투의 이름 조작에는 크게 세 가지 단계가 존재한다. 우선 질투가 그럴싸한 사랑의 옷을 입고 통제 가능한 영역 안에 얌전히 머무르는 단계. 이 단계에서는 여러 가지 애칭(여기에는 별명도 포함된다)이 생성된다. 애칭은 기발한 재치와 우연한 비밀에 의해 만들어지므로, 귀엽고 발랄하며 또한 밝고 화사한 울림을 갖는다(물론 이것은 별명의 경우에는 반드시 들어맞지는 않는다). 다음으로, 질투가 통제선에 상당한 정도로 근접하여 위험 상태에 이를 경우 각종 호칭들이 등장한다. 호칭은 사회적으로 승인된 권력과 계획된 비밀에 의해 제작되므로, 건조하고 딱딱하며 또한 어둡고 무거운, 그러나 박력 있는 울림을 갖는다. 마지막으로 질투가 거꾸로 통제를 압박할 정도로 거세질 경우, 이때는 법적 용어들이 애칭과 호칭을 서류의 형태로 접수해버린다. 법적 용어들은 사회를 구축하는 강고한 분류법과 공공연한 비밀에 의해 창궐하므로, 불가피하게 폭력적이고 억압적인 분위기를 띠게 된다. 그러나 이 모든 조작된 이름들 역시 '이름'이라는 이름으로 이 세계 안에 확고하게 존재한다. 이것은 인간 존재의 최상급 잠재력이 오용됨으로써 생겨나는 비극이다. 질투의 소용돌이 속에서 살아가는 우리 모두는 조작된 이름의 세계를 자연스럽고 당연한 사실의 세계로 인식한다. 이것은 인간 인식의 최상급 잠재력이 억압됨으로써 상연되는 희극이다. 조작된 이름을 이름으로 오해하고, 질투의 소용돌이 속에서 편안하고 평범한 삶을 살아가는 우리 모두는 법적 용어들이 가진 폭력과 억압의 권능을 이 세계의 궁극으로 추앙하면서 거기에 매달려 행위한다. 이것은 인간 의지의 최상급 잠재력이 전도됨으로써 반복되는 부조리극이다. 이름이 언어계의 태양이라면, 조작된 이름은 블랙홀이라 할 수 있다.

4.

사랑은 이름의 빛에 의지해 살아간다. 그런데 정말로 그럴까?
설령 그렇다고 해도, 대체 어떻게 그럴 수 있는 것일까? 실제로 다
음과 같은 진술이 있었다. "이름이 그 사람의 진실에 대해 알려주
는 것은 거의 없다. 그럼에도 불구하고 이름은 그 사람을 옭아매는
마법을 가진다. 이름은 그 사람에게 덧씌워진 투명한 저주 같은 것
이다."[1] 이와 같은 생각은 사랑(의 이름)에 대한 성찰을 행하려는
우리 앞에 가로놓인, 한없이 깊고 어두운 심연이다. 따라서 이 심
연 위에 떠 있기 위해서는 철저한 사전 준비가 필요하다. 이를 위
해 우선 저 '투명한 저주'를 벗을 수 있다고 가정해보자.

> 우리가 그것을 입고 있을 때
> 우리는 다소 안전했지
> 그런데 지금, 너는 이름을 벗었구나
> 나도 이름을 벗어도 좋을까
> 제 손으로 이름을 벗고 추워, 추워
> 바들바들 떨고 있는
> 이곳은 새벽의 전화
> ─정한아, 「새벽의 전화」 부분[2]

'너'는 이름을 벗었다. 이름이 아닌 대명사 '너'로 불린 순간 이

1) 이광호, 『사랑의 미래』, 문학과지성사, 2011. p. 83.
2) 정한아, 『어른스런 입맞춤』, 문학동네, 2011. p. 48.

미 '너'는 이름을 벗은 것이다. 그러니 "나도 이름을 벗어도 좋을까"라고 묻는 것은 부질없는 짓이다. 그런데 이름을 벗는 순간 엄습하는 "존재론적 추위"(허윤진)란 어떤 것일까? 그것은 태양으로부터 무한히 멀리 떨어진 공간에서 느끼게 되는 추위, 블랙홀의 추위이다. 실로 그것은 추위라는 이름조차 붙일 수 없는 가공할 어떤 사태일 것이다. 그렇지만 '너'와 '나'는 어떤 이름을 벗은 것일까? 그것은 정녕 이름이었을까? 혹시 그것은 단지 '그것'이라는 대명사가 아니었을까? 그러니까 '그들'은 '그것'을 마치 이름인 양 오인한 것이 아닐까? 아마도 그런 것 같다. 보라, '우리'는 말한다. "우리가 그것을 입고 있을 때/우리는 다소 안전했지". '우리' 중의 '누군가'가 '다소'라는 부사를 통해 안전의 정도를 누그러뜨린 것이 바로 그 증거다. '나' '너' '우리' '그것' 따위의 대명사들은 한편으로는 이름을 보호하는 기능을 하지만, 다른 한편으로 이름의 결락 혹은 파손을 은폐하는 기능을 하기도 한다(이것이 대명사의 야누스적 본성이다). 다시 말해 대명사 역시 조작된 이름인 것이다. 조작된 이름들의 좌표 안에서 대명사가 위치하는 자리는 아마도 애칭과 호칭 사이의 중간쯤이 될 것이다. 그러니까 이름을 벗(었다고 믿)는 '우리'가 한 일은 사실상 대명사의 옷을 입었다 벗은 것에 지나지 않는다. 그렇다면 '우리'는 정녕 이름이라는 '투명한 저주'를 벗을 수 없는 것일까? 그렇지 않다. 왜냐하면 우리는 이미 이름을 벗어나 있기 때문이다. 더 정확히 말하자면, 우리는 가짜 이름의 발명과 생산을 통해 이름 언어를 추방해버렸다.

한 걸음 더 나아가서, 우리가 이름 언어를 추방했다는 것은 거꾸로 우리의 언어가 이름의 언어계로부터 이탈했다는 뜻이 된다. 이름 언어는 언어의 근원이며, 언어의 궁극이다. 또한 이름 언어는 모든 언어 이론이 마지막에 가서 반드시 도달하게 되는 막다른 골목이다. 어떤 언어 이론도 이름을 설명하거나 분석할 수는 없다. 심지어 어원론etymology이 존재한다는 사실을 제출한다고 해도 이 진술에 대한 반박이 될 수 없다. 왜냐하면 이름에는 그 어떤 근거도 유래도 계보도 존재하지 않기 때문이다. 그런데 이것은 언어의 기원과 직접적으로 관련되는 문제이므로, 여기서 잠시 호흡을 가다듬고 가도록 하자. 『언어의 기원에 대하여』에서 헤르더는 인간의 언어는 본디 노래이며, 이 노래의 씨앗은 인간을 포함한 모든 피조물이 느끼는 감정이라고 말한다. "물론 감정은 의심할 나위 없이 최초의 소리에 생명력을 불어넣고, 그것을 승화시킨다. 그러나 단순한 감정의 소리로부터 인간의 언어인 노래가 결코 탄생할 수 없듯이, 이 노래를 탄생시키는 데에는 무엇인가가 부족하다. 그것은 바로 모든 피조물에게 자기 언어로 이름을 붙이는 행위였다."[3] 요컨대 시와 노래로 탄생한 인간 언어는 이름에 이르러 비로소 완성된다는 말이다. 이렇게 보면, 정한아의 「새벽의 전화」는 단순히 '너'와 '나' 그리고 '우리'라는 대명사적 존재들 사이에서 벌어지는 허구적이고 몽환적인 그림 자극이 아니라, 언어 이론의 심연 위에 (간신히) 닿아 있는 상태에서 벌어지는 희귀한 사건임을 짐작할 수 있다. 다시 말해서, 이런 해석이 가능한 것이다. 「새벽의 전화」를 받는 '너'는 인류 전체를, 전화를 거는 '나'는 인류를 창조한 신(神)을, 이 두 존재——수신자와 발신자——를 합한 '우리'

---

3) 요한 고트프리트 폰 헤르더, 『언어의 기원에 대하여』, 조경식 옮김, 한길사, 2003, p. 80.

는 모종의 (아직 결성되지 못한) 연합을 가리킨다. 따라서 이 시에서의 '너'와 '나' '우리'는 단순한 대명사가 아니라 유일한 대명사(고유대명사), 즉 진짜 이름일 수 있다. 그러나 애석하게도 이와 같은 낙관적 전망은 시의 진술 내용에 의해 차단당한다. '나'로서 말하는 신은 인류를 향해 "그런데 지금, 너는 이름을 벗었구나"라고 말하고 있기 때문이다. 이것은 인류에 대한 신의 절망의 표현이다. 유일한 파트너인 인류로부터 배반당한 신은 망연자실해져서 읊조린다. "나도 이름을 벗어도 좋을까."

5.

세상에는 수많은 이분법dichotomy이 존재한다. 남자와 여자, 아이와 어른, 젊음과 늙음, 그리고 탄생과 죽음에 이르기까지 수없이 다양하고 복잡한 이분법들로 이루어진 기나긴 행렬은 신과 인류라는 이분법과 함께 끝난다. 이 행렬은 우리의 생활 세계를 둘러싸고 있는 원둘레와도 같다. 우리는 대개 우리를 둘러싸고 있는 것에 대해서는 편안함을 느낄 뿐, 경탄과 호기심으로 그것의 존재 근거나 존재 방식에 대해 묻는 법은 (거의) 없다. 그러나 한번 예외를 만들어보자. 이분법은 어떻게 이분법으로 존재할 수 있는 것일까? 더 나아가 이분법을 포함한 세상의 모든 규칙, 법칙, 철칙은 어떻게 생겨난 것일까? 이렇게 답할 수 있다. 그것들은 모두 근원 맹세에 의해 생성됐다. 그런데 근원 맹세란 무엇인가? 그것은 신과 인류가 교환하는 맹세이다. 이 교환에 있어서 갑의 자리에 앉는 것은 물론 신이다. 인간은 신의 기분과 의향에 따라야 한다. 이것은 말하자면 일방적인 교환인 셈이다. 그러나 신의 입장에서도 인간의 응답 서약 없이는 아무것도 할 수 없으므로, 교환은 반드시 이루어질 수밖에 없다. 이 교환에서 신은 인간에게 섭리를 약속하고, 인간은 신에게 믿음을 서약한다. 그런데 이 조약(條約)은 어떤 서명이나 증거를 남기는 것일까? 그렇다면 그것은 무엇일까? 신의 서명은 이 세계가 존재한다는 사실 자체이고, 마찬가지로 인간의 서명은 그(녀)의 삶이 시작되었고 또 지속되고 있다는 사실 자체이다. 바꿔 말하자면, 이 세계는 그 자체로 신의 맹세가 발휘한 효력이며, 인간의 삶 역시 그 자체로 신에 대한 맹세의 증거인 셈이다. 요컨대 신은 맹세의 서명으로서 이 세계를 썼고, 인간은 그에 대한 응답 서약으로서 제 삶을 써나간다는 말이다. 그러므로 세계는 쓰여진 신의 이름이고, 인간은 신의 (무한히 거대한) 이름 안에 쓰여진 (무한히 작은) 이름이라 할 수 있다. 그러나 이러한 진술은 저 근원적 서명 과정을 이미 완료된 어떤 것으로 상정하는 것인데, 이 점에 대해서는 결코 확정적으로 말할 수 없다. 따라서 우리는 이렇게 말할 수 있고, 또 말해야 한다. 즉 인류의 이름에 상응하는 역사 일반은 쓰여지고 있는 신의 이름이며, 개별 인간의 삶은 그 서명 과정에 대한 미분(微分) 방정식이다.

상호공속을 위한 신과 인간의 맹세를 통해 건립된 것이 바로 역사의 세계이다. 그러나 인간 삶의 미분 방정식이 지나치게 복잡해지고 조잡해진 까닭에, 이 맹세의 효력이 소멸하는 듯 보이는 것 또한 사실이다. 또한 바로 이 때문에 아래와 같은 세속적인 이해가 성립할 수 있다. "맹세는 강하기 때문이 아니라, 무력하기 때문에 반복된다." "맹세가 보잘것없는 것이라면, '우리'는 배반에 익숙해져야 할 것이다. 배반에 익숙해져서, 그렇게 늙어가다가, 잠깐이라도 무언의 약속이 떠오른다면,//'당신은 나의 배반을 어떻게 견디고 있는지,/당신은 당신 스스로의 배반을 어떻게 견디고 있는지'/물어보고 싶을 때도 있는 것이다.//그러나 그 질문의 캄캄한 심부로 들어가는 것은 위험한 일이다. 그 무수한 맹세들에 대한 천연덕스러운 망각이 견딜 수 없이 역겹다면, 어떻게 똑같은 아침을 맞이할 수 있을까? 다만 그 맹세들이 환각처럼 되살아나는 시간들을 혼자 감당할 수 있을 뿐."[4] 수없이 미분되고 있는 인간의 삶 속에서 맹세는 무력해진다. 그리고 무력해진 맹세는 반복될 수밖에 없다. 그렇지 않은가? 인류와 세계의 존재는 근원 맹세에 의해 지탱되는 것인데, 그것의 효력이 약해지고 있으니 부질없더라도 거듭 그 맹세의 제스처를 반복하지 않으면 안 되는 것이다. 우리는 이제 더 이상 신의 이름이 서명되는 과정에 대해 알지 못하며, 동시에 우리 삶의 미분 과정이 언제까지, 어디까지 이어질 것인지에 대해서도 전혀 예측할 수 없게 되었다. 그러므로 우리에게 남은 삶의 선택지는 그저 '배반을 견뎌내는 것'뿐이다.

6.

모든 맹세는 이름에 근거한다. 이 사실은 근원 맹세의 당사자인 신이 오직 자신의 이름을 걸고(혹은 이름에 의지하여) 맹세할 수밖에 없다는 점을 보면 명백히 알 수 있다. 이 사태를 이름의 일식 상태에 있는 우리의 역사 세계로 번역해보면, 이렇게 된다. 즉 인간이라 불리는 어떤 '우리'가 하는 모든 맹세에는 아무런 근거도 있

---

4) 이광호, 같은 책, 2011. p. 135; pp. 138~39.

을 수 없다. 달리 표현하자면, 우리의 맹세는 언제나 이미 거짓맹세로 뒤바뀔 수 있는 잠재태로서만 존속한다. 이렇게 보면, "맹세들이 환각처럼 되살아나는 시간"이라는 이광호의 표현은 우리의 삶에 대한 가장 적확한 진술 가운데 하나라고 할 수 있다. 그도 그럴 것이 이름을 벗어버렸으니, 어떻게 맹세할 수 있겠는가? 유일한 징표가 망실된 상태에서 행해지는 맹세가 맹세일 수 있겠는가? 그것은 그저 환각에 지나지 않는다. 그러나 놀라운 사실은, 제도의 궤도를 따라가는 우리의 인생이 거의 예외 없이 이 환각에 의지하고 있다는 사실이다. 이에 대한 가장 극명한 사례가 바로 결혼 서약이다. 결혼 서약이 환각에 지나지 않는다는 사실은 혼인신고라는 법적 절차 없이는 그것이 아무것도 아닌 상태로 머무를 수밖에 없다는 점에서 분명하게 드러난다. 더욱이 혼인신고는 언제든 철회될 수 있으므로 결코 결혼 서약의 궁극적 보호자/보증자가 될 수 없다는 사실에까지 생각이 미치게 되면, 우리는 이 세계의 모든 맹세가 가진 근본적 허구성을 부정하고픈 마음을 단념하지 않을 수 없게 된다. 그러니 이제 어쩌겠는가, '너'와 '나'의 배반을, 따로 또 같이, 견뎌낼밖에.

들립니까, 들립니까, 내 말이.
심장이 망막에 그리는 모습,
손을 보내준다 했을 때,
먼 손이라니, 웃고 말았는데,
믿기 시작한, 그물 같은 눈의 암흑,
어둡습니까, 어두워지나요 내 말이?

지금은 빛남에 대해 말하는 시간
눈을 벗고 누웠을 때, 너무 환한 빛은
그만큼의 그림자를 데려온다는 것을
알게 되었죠. 그것만은 아니겠지만,
무섭나요, 무섭습니까, 내 말이.
먼 손이 찾아올 때는 주먹을 꼭 쥐라고
오지도 않을 거면서, 감지 못할 눈이
흔들려 떨어뜨리는 어떤 포기,
다시, 만져보는 느린 감촉
내 것이 아닐 거라고 중얼거리는
울고 있나요, 우나요, 내 말이.
두 손이, 멀리서 올 두 손에 덮여
점점 멀어지고 있는 아득함 너머
보이나요, 보이나요, 내 말이.
아니오, 아니오, 그렇지 않습니다 하고
내가 내 말을 울고 있어요 모르게.
　　—유희경, 「들립니까」 전문[5]

　이것은 배반을 견디는 자의 시다. 이 시는 근원 맹세로부터 일탈
한, 이름으로부터 벗어난 자가 취할 수 있는 유일한 행동을 보여주
고 있다. 자신의 말을, 자기도 모르게, 우는 것. 그러나 이 경우 '울
다'라는 동사는 능동태가 아니라 중동태(혹은 재귀태)에 해당한다.

5) 유희경, 『오늘 아침 단어』, 문학과지성사, 2011, pp. 34~35.

즉 '나'로 지칭되는 어떤 실체가 먼저 있어서 '그'——그런데 1인칭은 어째서 이토록 쉽게 3인칭으로 변환될 수 있는 것일까?——가 자신의 말을 우는 것이 아니라, 처음부터 '내 말'이 스스로 우는 것이다. "울고 있나요. 우나요. 내 말이." 이렇게 대답하자. "네, 그렇습니다. 당신의 말이 울고 있습니다."

7.

이름을 벗은 채 바들바들 떨고 있는 어떤 '우리', 근원 맹세의 궤도를 이탈한 채 질투의 소용돌이에 휩쓸려 끝없이 떠도는 이름 없는 '너'와 '나'. 이것은 지금의 생활 세계와 관련하여 유일하게 가능한 진술이다. 그러나, 그렇다면, 결국 사랑은 부재하는 것이 아닌가? 아니, 부재를 말하기에 앞서, 애당초 불가능한 것이 아닌가? 그렇게 말할 수 있다. 사랑은 부재하며, 더 나아가 불가능하다. 그러나 오로지 '나' '너' '우리'의 생활 세계 안에서만 그러하다. 이 세계 안에는 더 이상 신과 인류라는 이름이 존재하지 않기 때문이다. 이 생활 세계의 작동 체계는 다음과 같다. 가장 먼저 모종의 법적 주체를 설정한다. 그런 다음 그로 하여금 법에 의거하여 맹세/서약을 하게 만든다. 마지막으로 그의 모든 행동을 법적 체계 안에서 산정하여 그 결과에 따라 책임을 묻고 형벌을 부과한다. 이렇게 부과된 형벌은 사라지지 않고 계속해서 전가(轉嫁)되고 누적된다. 그리고 이처럼 누적된 죄의 역사 속에서 법적 주체가 거듭(재)탄생 = (재)설정된다. 너무나 당연한 말이지만, 이렇게 돌아가는 원환 안에서 사랑은 전혀 불가능하다. 이 불가능성에 직면하여 「근처」의 작가는 이렇게 쓰고 있다.

나는 혼자다. 혼자인 것이다. 찾아 나설 아내도 없다. 설사 네 명의 자식이 있다 해도 나는 혼자일 것이다. 이 얼마나 다행한 일인가... 문득 혼자서, 혼자를 위로하는 순간이다. 삶도 죽음도 간단하고 식상하다. 이 삶이 아무것도 아니란 걸, 스스로가 아무것도 아니란 걸, 이 세계가 누구의 것도 아니란 걸, 나는 그저 떠돌며 시간을 보냈을 뿐이란 사실을 나는 혼자 느끼고 또 느낀다. 나는 무엇인가? 이쪽은 삶, 이쪽은 죽음…… 나는 비로소 흔들림을 멈춘 나침반이다. 나는 누구인가? 나는 평생을

〈나〉의 근처를 배회한 인간일 뿐이다.[6]

질투의 생활 세계 속에서 '나'를 포함한 대명사 일반은 오직 '근처'를 배회할 수 있을 뿐이다. 그러나 무엇의 근처를 배회한단 말인가? '나'의 근처를? 그렇지 않다. '나'의 근처를 배회하는 인간은 존재하지 않으며, 존재할 수 없다. 왜냐하면 '나'라고 말할 수 있는 완벽한 '혼자'가 존재할 수 없기 때문이다. 사태를 정확히 표현하자면 이렇다. '너'를 포함한 모든 개별 인간들과 '우리'를 포함한 모든 개별적 집합은 오직 이름의 주위만을 배회할 수 있다. 이름에 앞서는 인격이나 인간은 있을 수 없다. 인격 혹은 인간이란 오직 이름 덕분에, 혹은 간신히 이름에 의지해서만, 운위될 수 있는 연약한 개념이다.

6) 박민규, 『더블 · side A』, 창비, 2010, pp. 35~36.

8.

질투의 모양은 소용돌이다. 이것은 사랑의 아라베스크 무늬와는 완전히 다른 것이다. 모든 것을 감싸 안고 오르는 사랑의 덩굴손은 급기야 질투의 소용돌이마저 감싸 안고야 만다. 사랑은 결코 질투와 싸우지 않는다. 사랑의 방법은 아이러니라고 말했다. 사랑이 보여주는 아이러니의 진가는 질투와 뒤섞이는 것을 두려워하지 않고 오히려 기꺼워한다는 점에서 드러난다. 사랑은 결코 질투를 두려워하지 않는다. 언제 어디서든 질투의 손을 잡고 나란히 앉거나 걷거나 눕는다. 사랑의 궁극은 거리두기라고 말했다. 사랑은 결코 질투로부터 멀어지려 하지 않는다. 사랑은 최대한 질투와 가까워짐으로써 역설적으로 질투와의 거리를 무한대로 넓힌다. 사랑은 언제나 질투의 바로 옆자리에, 더 정확히는 질투의 끝에 있다. 질투는 언제나 복수(複數)에서 시작해서 단수(單數)로 끝나려 하지만, 사랑은 처음부터 끝까지 '함께'를 고수한다. 다시 말해서 질투의 목표는 종국에 이르러 오직 '홀로' 존재하려는 것인 데 반해, 사랑은 단 한순간도 '홀로'에게 여지를 주지 않으려는 노력이다. 사랑에게 존재하는 유일한 '홀로'는 '전체'이다. 그리고 '전체'는 사실상 홀로가 아니다. '전체'에 이르면 이미 단/복수의 구별은 무의미해지기 때문이다. 그러므로 인간이 '전체'라는 말을 쓸 수 있다는 것은 실로 경이로운 일이다(헤겔의 위대함!). 이 경이에 대해 고찰해보자. "'전체'는 1) 언제, 2) 어디서, 3) 어떻게 존립하는가?" 이것은 너무도 어려운 문제이지만, 이에 대한 답은 정말이지 어이없을 정도로 간단하다. "1) 인간이 '전체'라고 말할 때, 2) 언어 안에, 3) 이름으로서." 이것이 답이다. '전체'를 추상명사 혹은 개념으로 상정하는 사유에게는 물론 이것이 답일 수 없을 것이다. 그러나 아무리 섬세하게 조립하고 기묘하게 조작을 가한다 해도 인간의 정신으로는 결코 '전체'라는 개념을 만들어낼 수 없다. 또한 인간이 만든 것 중에서 가장 정교한 기하학적 공식이나 최상급의 논리적 공정을 아무리 풍부하게 동원한다 해도, '전체'는 결코 분석되거나 해명되지 않는다. 지금껏 수없이 자행된/되고 있는 오·남용으로 인해 상당 부분 파손되고 오염되었지만, 그래도 여전히 '전체'는 이름이다. 오직 이름만이 '전체'일 수 있다.

9.

사랑이 그러하듯이, 이름과 전체도 어이없게 그리고 기꺼이 죽는다. 또한 사랑이 가장 연약하고 희미한 정념이듯이, 이름과 전체 역시 가장 허술한 언어이자 부서지기 쉬운 단위다. 그런데 언어를 분석하려는 수많은 언어 이론과 전체를 해명하려 하는 이런저런 기하논리학적 사유에게는 바로 이와 같은 '약함'이 가장 큰 어려움으로 등장한다. 사랑은 소용돌이 무늬와 혼동되는 아라베스크 문양으로 존재하기를 주저하지 않는다. 마찬가지로 이름과 전체는 각기 언어 이론의 예외와 기하논리학의 불청객으로 대우받는 것을 전혀 꺼리지 않는다. 이들의 주저하지 않는 태도, 거리낌 없는 태도, 이것이 저 생활 세계의 법칙에게는 결코 극복할 수 없는 난제로 존재하는 것이다. 사랑은 질투와 폭력에게, 이름은 대명사와 개념(추상명사)에게, 그리고 전체는 부분과 공집합에게 기꺼이 자리를 양보한다. 우리는 사랑과 이름과 전체가 자기를 주장하는 장면을 도무지 상상할 수 없다. 오히려 우리는 거꾸로 이렇게까지 말할 수 있다. 어쩌면 사랑은 이 세계 전부를 무(無)로 되돌리려 하는 위협적인 힘일지도 모르고, 이름은 '너'(를 포함한 모든 대명사들)의 인격을 모조리 지우려는 가공할 적일 수도 있으며, 그리고 전체는 이 세계와 전 인류의 모든 내용을 텅 비워버린 끔찍한 공허일 수 있다. 사랑을 단지 이 세계 안의 이런 저런 악을 치료하는 힘으로 생각해서는 안 된다. 만약 그런 게 사랑이라면, 그것은 결코 질투를 상대할 수 없다. 또한 이름이 단순히 어떤 실체—인격이든 법인(法人)이든 아니면 사물이든 마찬가지다—에 덧붙여지는 라벨 label이라고 생각해서는 안 된다. 만약 그런 게 이름이라면, 그것은 결코 개념에 맞설 수 없을 것이다. 전체를 인간 사유의 가능성 안에서 표상되고 운위될 수 있는 모종의 기하학적·논리적 개념으로 여긴다면, 그것은 착각이다. 전체가 그런 것이라면, 그것은 부분들의 합보다 항상 어딘가 부족한 무엇일 것임에 틀림없다.

10.

사랑은 아무것도 바꾸지 않는다. 이름은 아무것도 증명해주지 않는다. 전체가 보장해줄 수 있는 것은 없다. 사랑과 이름과 전체는 모두 존재감이 없다. 만약 이 세 가지 존재가 어떤 방식에 의해서건 적극적으로 증명될 수 있다면, 그것은 아마도 이 세계 전체가 사라지고 전 인류가 소멸한 뒤의 일일 것이다. 그러나 소극적으로나마 사랑과 이름과 전체의 힘을 증명하는 사례가 이 세계 안에 적어도 한 가지는 존재한다. 죽은 자에 대한 그리움, 저 너머로 떠나간 사람에 대한 사랑이 그것이다. 누군가가 죽은 자를 진정으로 그리워한다면, 그(녀)의 눈앞에 존립하는 세계는 단숨에 사라지고 만다. 누군가가 이 세상 밖으로 떠나간 이의 이름을 진정으로 부를 때, 그 작은 목소리 앞에서 이 세상의 모든 언어는 지워지고 만다. 누군가가 간절한 그리움 속에서 이 세상 사람이 아닌 어떤 존재를 부를 때, 그때 그(녀)의 사랑은 진정한 전체가 된다. 전체적인 사랑, 완전한 사랑. 이 사랑을 초과하거나 앞지를 수 있는 사랑은 이 세계 안에 존재하지 않는다. 죽은 자를 향한 사랑 앞에서 사랑의 이유를 댈 수 있겠는가? 만약 그럴 수 있다면, 그것은 분명 그 사람의 죽음을 인정하지 못하는 몽환적인 기분 혹은 자기최면에 힘입은 것이리라. 삶 속에서 그 사람에 대한 사랑의 이유라고 믿었던 모든 것이 이미 모조리 종말을 고하고 말았음에도 불구하고 그것들을 놓지 않고 계속 붙들고 있(겠)다는 말밖에는 되지 않을 테니 말이다. 게다가 그 이유들이라는 것도 더 깊이 들여다보면, 허무하리만치 얕고 지나치게 변덕스러운 어떤 감정을 붙들어 매어두(거나 혹은 그럴싸하게 포장하)기 위해 만들어낸 액세서리였음이 판명날 것이다.

사랑은 이 세계 전체를 지탱하는 힘인 동시에 이 세계 전체를 무로 되돌릴 수 있는 잠재력이다. 이 세계를 지탱하는 힘으로 머무는 한, 사랑은 이 세계 안에 등장할 수 없다. 이 사랑에 접속할 수 있는 유일한 통로, 이 사랑으로 건너갈 수 있는 유일한 문턱, 그것이 바로 이름이다. 이 글은 사랑(의 이름)에 대한 '결정적 논고'가 아니다. 모든 것에 대한 결정적 논고는 사랑이라는 이름 그 자체이다.

⟨부사에 관한 13개의 단상⟩

1. 중세 독일의 신비주의 신학자 마이스터 에크하르트Meister Eckhart는 인간을 동사Verb(=말씀)인 신Gott을 향해 다가가는 언어, 즉 부사Adverb로 정의했다. 인간은 본질상 언저리의 존재, 언저리를 서성이는 존재, 그러나 언저리를 떠나 중심에 가까이 다가가려 애쓰는 존재다.

2. 그러나 (신께) 가까이 가려는 인간의 노력은 언제나 가까스로 실패한다.

3. 항상 성공에 가까운 실패가 거듭되는 가운데 인간의 세월은 시나브로 흐른다. 흐르는 세월은 강물 같아서, 인간은 어느새 동사에서 멀리 떨어져 명사로 굳어버린 자신을 발견한다.

4. 인간의 세월은 언제나 이미 흘러가버린 것이어서, 인간이 '벌써'를 말할 때는 이미 늦은 때이다.

5. 벌써 지나가버린 세월을 벌충하기 위해서 인간이 쓰는 언어가 바로 부사adverb다. 그러나 부사는 명사와 동사로 구성된 고귀한 상류사회에 들어갈 수 없는 하류 언어여서 어쩔 수 없이 항상 음지에서 접속사conjunction 및 분사particle 등과 부대낀다.

6. 부사의 그늘진 시간표에는 주로 '아직'과 '이미'가 오거나 '언제

(나)'와 '늘'이 들른다. '막'과 '막상'도 자주 안부를 청하는 손님들이다.

7. 간혹 이들에게서 한참 동안 소식이 없을 경우가 있는데, 그럴 때 부사는 제대로 흐르지 못한다. 차마 흐르지 못해 슬그머니 숨는다.

8. 부사와 함께 흐르거나 숨는 언어는 주로 접속사와 분사지만, 부사를 지배하는 것은 동사다. 그러나 부사와 동사는 서로 적대하거나 외면한다.

9. 부사와 동사가 함께하지 못한다는 사실이 인간 이름 언어의 비극을 초래한 원인이다. 명사의 존재는 단지 파생된 비극에 지나지 않는다.

10. 부사와 동사의 분열은 심지어 시간 자체의 파열을 초래하기까지 한다. 인간 언어의 시제가 불완전하고 무질서한 것은 이 때문이다.

11. 그럼에도 인간들이 마치 아무 문제없다는 듯 언어를 쓸 수 있다는 것은 (거의) 기적에 가깝다. 그러나 이것이 부사의 농간이 아니라는 보장은 없다. 기적에 사용되는 언어가 하필 '마치'라는 사실은 의혹을 더욱 증폭시킨다.

12. 꼭 '마치'가 아니라도 기적을 의심할 이유는 얼마든지 있다. 가령 아무 문제없는 언어는 어김없이 거짓말이라는 사실만 보아도 그렇다.

13. 하지만 그것이 거짓말이라는 사실이 마침내 밝혀지는 순간은 벌써 다른 수많은 거짓말들이 어지간히 멀리 세월을 흘려보낸 뒤다.

3   Like(마치)의   시간

The time is not only out of joint,
but also the joint of outs.

문자를 돌봄, 사랑을 돌봄
─헤르타 뮐러의 『숨그네』와 오르한 파묵의 『순수박물관』

1.

모든 극단은 파괴적이다. 그리고 어떤 의미에서 모든 파괴는 창조적이다. 물론 근원적이고 순수한 의미에서의 창조는 파괴를 통해서는 이루어질 수 없다. 파괴는 다만 창조의 계기를 '가리킬' 수 있을 뿐이다. 그것으로 충분하다. 특히 세상의 모든 질서가 파괴를 억제하는 방향으로 진행될 때─가령 지금처럼─에는 더더욱 그러하다. 파괴가 억압되고 방지될 때에는 극단이 활동을 개시한다. 어쩌면 극단의 힘은 그러한 억압력의 작용에 대한 파괴의 반작용일지도 모른다. 따라서 억압하는 힘이 크면 클수록 극단의 현상 형식 또한 가공할 위력을 갖게 된다. 그러나 결코 간과해서는 안 되는 사실은, 오직 '원격 작용actio in distans'의 형태로 작용할 때에만 극단의 파괴적 위력은 현실화될 수 있다는 점이다. 원격 작용, 멀리 떨어져서 작용함. 이것이 진정한 극단의 활동 형식이다. 그렇다고 한다면, 원격 작용은 극단의 순도를 측정하는 잣대라 할 수 있다. 그리고 이 형식은 시간과 공간을 모두 포괄하는 것으로 이해되어야 한다. 그런데, 누구나 짐작하겠지만, 이 형식을 획득하는 것은 결코 쉽지 않다. 누군가가 극단에 도달하는 데 필요한 전략과 에너지, 그리고 인내심을 가늠하고 견딜 수 있다면, 그에게는 극단이 방출하는 에너지를 축적하는 일도 가능할 것이다. 이에 대해 우리가 생각할 수 있는 가장 가까운 사례는 수억 광년 떨어진 우주 저편으로부터 지구를 향해 돌진해오는 혜성이다. 잠깐 동안 그것에 대해 진지하게 생각해보는 것만으로도 이 지상의 여하한 대립과 파당은 모두 우스꽝스러운 일로 전락하고 만다. 극단은 말하자면 초월의 개입 효과이다.

2.

키르케고르는 레기네 올젠에게 다음과 같이 썼다. "당신이 한 번도 나를 이해하지 못했다는 데에 감사를 드립니다. 왜냐하면 이로부터 나는 모든 것을 배웠기 때문입니다." 주지하다시피 키르케고르는 레기네를 깊이 사랑했다. 그런데 그는 사랑했던 여자가 자신을 이해하지 '못한' 데 대해 감사하고 있다. 사랑한다는 것은 이해받고자 하는 욕망이 아닌가? 물론 그렇다. 그러나 평범한 사랑, '인간적인' 사랑, '바뀔 수 있는' 사랑의 경우에만 그러하다. 고통스러운 사랑, '신적'이거나 '동물적'인 사랑, 결코 지울 수 없는 사랑의 경우에는 이야기가 다르다. 그때에는 일반적인 의미에서의 소통이나 이해가 작동해서는 안 되며 할 수도 없다. 시간 속에서 소멸했지만 뭇 사람들의 추억하는 입술 속에서 영원한 삶을 누리고 있는 한 가수의 말을 빌리자면, '너무 아픈 사랑은 사랑이 아니'

기 때문이다. 그렇다. '너무 아픈 사랑' 속에서 키르케고르는 모든 것을 배웠다. 그런데 이 말 또한 놀랍기는 마찬가지다. '모든 것'을 배웠다니? 모든 것을 배운다는 것, 그것은 가능한 일인가?

3.

아마도 루카치의 문장들이 힌트가 되어줄 것 같다(물론 어디까지나 힌트일 따름이다. 힌트는 말하자면 진상의 희미한 실루엣이 비치는 얇은 베일과 같은 것이다).

키르케고르는 삶의 절대성을 필요로 한다. 그리고 그는 어떠한 논쟁도 더 이상 용납하지 않는 삶의 확실성을 필요로 한다. 그의 사랑은 별다른 생각 없이 전체에 대해 자신을 쏟을 수 있는 가능성을 필요로 한다. 그는 하나의 사랑을 필요로 하는데, 이 사랑의 뒤에는 아무 문제도 놓여 있지 않아야 하며, 또 이러한 사랑에서는 누가 높고 누가 낮은가, 누가 옳고 누가 그른가 하는 문제가 거론되어서는 안 되는 것이다. 그는 바로 이러한 사랑을 필요로 하는 것이다. 그리고 나의 사랑이 확고하고 의심의 여지가 없을 경우란 내가 한 번도 옳지 않을 때이다.[1]

4.

키르케고르의 절대적 사랑은 단 하나의 조건만을 필요로 한다. 아무 생각 없이 헌신할 수 있어야 한다는 것(왜냐하면 그 사랑은 절

1) 게오르크 루카치, 『영혼과 형식』, 반성완·심희섭 옮김, 심설당, 1988, p. 62.

대적으로 확실한 것이므로). 그리고 이 조건에 붙어 있는 단 하나의 전제는 이것이다. 사랑에 헌신하는 '나'는 절대적으로 '옳지 않아야' 한다는 것(왜냐하면 내가 옳은 경우에는 절대적 사랑과 토론을 시작하게 될 것이므로). 이쯤에서 사람들은 아마도 '부조리'라는 단어를 마음속에 떠올릴 수도 있을 것이다. 왜냐하면 아무리 자기비하에 능한 사람이라도 마음속 깊은 곳에서는 자신이 옳다는 사실을 확신하고 있게 마련이기 때문이다(그것은 어떤 의미에서 생존의 필수 조건이다). 따라서 절대적으로 자기 자신이 '옳지 않다'는 사실을 진심으로 믿고 완전히 인정할 수 있는 사람은, 적어도 인간 사회 안에서는, 있을 수 없다. 간단히 말해 키르케고르의 절대적 사랑은 불가능한 사랑이다. 그러니까 결국 그것은 사랑이 아니다.

5.
  그러나 그것이 사랑이 아니라는 바로 그 이유 때문에 키르케고르의 사랑은 진정으로 숭고하고 거룩한 것이라고, 우리는 말해야 한다. 사랑하는 사람과 '토론'할 때, 사랑은 사라진다. 사랑하는 사람보다 자신이 더 옳다고 느낄 때, 사랑은 식는다. 사랑하는 사람의 사랑이 확실하지 않다고 여겨질 때, 사랑은 쪼그라든다. 사라지는, 차갑게 식는, 쪼그라드는 사랑은 구차하다. 그러나 바로 그렇기 때문에 그것은 시장 질서에 적합한 사랑이며 또한 우리가 눈으로 확인하는 '유일한' 사랑의 형태이다. 그리고 바로 그런 시장-질서-사랑(자본주의의 트리니티)이야말로 파괴의 발현을 억제하거나 고발하며 (여의치 않을 경우에는) 심지어 음해까지 하는 세력이다. 이들의 입장에서 보면 극단의 출현은 테러의 형식을 띤다. 물론 테러의 옷을 입고 출현하는 극단은 대개 가짜에 지나지 않는다. 더욱 나쁜 것은, 그러한 가짜 극단이 시장-질서-사랑에게 그들이 옳다는 우월감의 근거를 제공해주는 멍청한 역할까지 함께 수행한다는 점이다(왜냐하면 그것은 거의 예외 없이 '직접 작용'을 지향하기 때문이다). '적당'과 '대충'으로 기워 만든 누더기를 입고 있음에도 불구하고, 그 사랑은 쏟아지는 조명과 카메라 셔터 앞에 서기를 부끄러워하지 않는다. 가짜 극단-테러의 출현으로 인해 모두가 충격에 빠져 있기 때문이다. 이것만으로도 저 트리니티가 좋은 사랑으로 행세하기에는 충분하다. 그러나 키르케고르의 사랑을 아는 사람은 타협할 수 있는 여지를 전혀 허락하지 않는 사랑만이 숭고하고 거룩하다는 사실을 안다. 물론 이런 식의 생각은 매우 위험해 보일 수 있다. 그러나 오직 타협하는 자들의 눈에만 그러하다.

6.

그렇다면 어쩔 것인가? 타협할 수도 없고, 절대를 향해 비약할 수도 없다면 말이다. 사랑의 오아시스를 포기한 채 끝없는 갈증에 시달리면서 황량한 인생의 사막을 터벅터벅 걸어야 한단 말인가? 아마도 그럴 것이다. 이것은 절망적인 인식이다. 그러나 절망은 원격 작용을 위한 에너지원이다. 그리고 이것은 놀랍게도 희망적인 인식이다. 물론 모든 절망이 다 그런 것은 아니다. 냉철한 절망만이 그러한 에너지원이 되어 원격 작용을 가능하게 한다. 즉 창조를 가리키는 파괴를 몰고 오는 극단을 준비하는 것이다. 냉철한 절망, 상황을 적절히 분석하고 사태의 핵심을 간취해낼 줄 아는 절망의 힘은 모종의 '기묘한' 훈련에 의해서만 길러진다. 이 훈련에는 두

가지가 있는데, 우리는 이를 '문자를 돌봄' 그리고 '사랑을 돌봄'이라 명명하려 한다.

7.

헤르타 밀러의 『숨그네』[2]는 관습적으로 문학작품, 더 구체적으로는 소설이라 불리지만, 그것은 적절한 명칭이 아니다. 우리는 『숨그네』를 '문자의 돌봄'이라 불러야 한다. 상식의 법정에 서 있는 우리가 아는 한 모든 문학작품은 시장-질서-사랑에 적응(해야) 한다. 이것은 시대(정신)의 판결 혹은 정언명령이다. 그러나 『숨그네』는 이러한 명령의 목소리를 듣지 못한다. 그 명령에 저항하거나 불복종하는 것이 아니라, 그저 그 명령을 못 듣는 것이다. 말하자면 『숨그네』는 모든 목소리를 들을 수 있지만 유독 시대(정신)의 목소리만은 듣지 못하는 특이한 청각장애를 앓고 있는 것이다. 어째서 그러한가? 그것은 이 '돌봄'이 극단의 고통을 뒤집은 형식이기 때문이다. 어떤 고통인가? 동물적인 고통-배고픔이다. 그런데 이 고통은 신기하게도 집중력을 가능하게 한다. 뜨거운 집중력이 아니라 차가운 집중력을. "내 생각에 배고픈 상태에서 맹목과 주시(注視)는 같은 말이다. 맹목적인 배고픔은 음식을 가장 잘 본다. 은밀한 배고픔과 공공연한 배고픔이 있듯, 소리가 없는 배고픔의 단어들과 소리가 큰 배고픔의 단어들이 있다. 배고픔의 단어들, 즉 먹는 단어들이 대화를 지배할 때도 우리는 혼자다. 저마다 자기 단어들을 먹는다. 함께 먹는 다른 사람들도 결국은 자기

2) 헤르타 밀러, 『숨그네』, 박경희 옮김, 문학동네, 2010.

를 위해 먹는 것이다(p. 178)."

8.

'저마다 자기 단어들을 먹는다'는 문장은 문자를 돌보는 훈련의 핵심을 압축한 진술이다. '먹다'라는 자명한 동사의 목적어 자리에 '단어'라는 비–사물(이 아니라면 적어도 비–음식)이 자리함으로써 이 문장은 언어의 시장에서 유통 불가능한 위조화폐가 된다. 위조 화폐는 무엇인가? 그것은 장난감이다. 어린아이들은 가짜 돈으로 세상의 모든 물건을 살 수 있다. 문자를 돌보는 일의 근본 형식은 지폐 한 장으로 세상의 모든 물건을 살 수 있는 아이들의 소꿉놀이 형식과 동일하다. 다만 다른 점은, 아이들은 놀이가 끝난 뒤 장난 감들을 내버려두고 뒤돌아보지 않는 반면, 문자를 돌보는 자는 계속해서 단어를 손에 쥐고 있어야 한다는 점이다. 그렇다. 문자를 돌보(려)는 사람은 저마다 자기 단어들을 손에 쥐고 있어야 한다. 언제든 먹을 수 있도록. 헤르타 뮐러가 손에 쥔 단어는 '숨그네'이 다. 그녀는 그것을 먹는다. 이렇게 단어를 먹는 행위는 단지 살기 위한 것도 아니고 단지 먹기 위한 것도 아니다. 그것은 오히려 먹기 자체다. 잠재태로서의 먹기, 먹기 자체를 먹는 먹기. 단어를 먹는다고 해서 허기가 달래지거나 포만감이 생기지는 않는다. 그래도 그것은 여전히 먹는 행위이다. 필연적으로 그러하다. 왜냐하면 단어를 먹는 것은 먹기의 극단이기 때문이다.

9.

이러한 필연성의 밑바닥에는 당연히 절망이 자리해 있다. 거꾸로 말해 진짜 절망을 아는 자만이 배를 채워주지 않는/채워줄 수 없는 단어를 먹는다. 그러나 이렇게 해야만 상황이 어떻게 돌아가는지, 사태의 비밀이 무엇인지 선명하게 파악할 수 있다. 바로 이와 같은 통찰이 다음과 같은 문자들을 돌보게 만든다.

> 배는 빨리도 가라앉네
> 빠르든 늦든 누구에게나
> 때는 온다네
> 떠나세! 가세!
> 언젠가는 지나갈 일
> 언젠가는 바다가 우리를 데리러 오네
> 그리고 바다는 누구도
> 다시 데려오지 않네. (p. 166)

10.

위의 시에서 바다가 죽음을 의미한다는 사실을 모르는 사람은 없을 것이다. 그것은 쉬운 해석이다. 이에 반해 바다가 우리를 데리러 올 '언젠가'라는 시간이 '바로 지금'이라는 사실을 뚜렷이 의식하기는 매우 어렵다. 어쩌면 바다는 벌써 와 있고, 우리는 이미 '데려가져'버렸는지도 모른다. 다시 말해 다가올 바다를 기다리는 것이 아니라 이미 바다에 붙잡혀 있는 것일 수도 있다. 그러니까 죽음 한가운데. 그렇다면 이곳에서 우리가 해야 하고 할 수 있는 일이란 무엇인가? 그것은 절망일 수밖에 없다. 절망은 질서 없이 서로를 돕는 방법이다. 무-질서하게 서로를 돕는다는 것은 삶을 간신히 살아낸다는 것이며, 그 삶에는 서로를 돕는다(혹은 돌본다)는 단 한 가지 원칙만이 존재한다. 따라서 그 삶에는 소유와 계약 따위—바로 이 두 가지가 질서의 근간이다—가 성립할 수 없다. 그 삶은 소유권자가 없는 물건을 필요할 때마다 가져다 쓰는 삶이다. 그러므로 당연하게도, 그 삶은 궁핍하게 영위된다(궁핍은 절망의 친구다). "적절한 물건이 없어 임시방편을 써야 했다. 부적절한 물건이 꼭 필요한 물건이 되었다. 꼭 필요한 물건은 오로지 그것을 가지고 있다는 이유로 유일하게 적절한 물건이 되었다(p. 15)."

11.

오로지 임시방편으로만 물건을 가진다는 것, 아니 쓴다는 것. 다시 말해 유일하게 적절한 물건만을 가진다—소유가 아니다!—는 것. 이것은 절망을 위한 기초 훈련이다. 그리고 바로 이러한 관점의 연장선상에서 우리는 오르한 파묵의 『순수박물관』[3]을 읽을 수 있다. 『순수박물관』에 나타나는 훈련은 사랑의 돌봄이다. 이 소설은 생의 한 순간 급작스럽게 한 여자를 만나 짧고 강렬하게 사랑했고, 고통스럽게 기다렸으며, 또 오랫동안 강렬하게 사랑했고, 마침내는 영원에 이르기까지 충실하게 기념했던 지독한 한 남자, 케말의 추억을 담고 있다. 그의 삶은 사랑의 돌봄으로 오롯이 채워져 있다. 그는 절망을 긍정하고 훈련하면서 사랑했다. 『순수박물관』에 담긴 문자들은 돌보아진 문자들은 아니지만, 돌보아진 사랑에 의해 수놓아진 문자들이기는 하다. 어떤 관점에서 우리는 케말

---

3) 오르한 파묵, 『순수박물관』, 이난아 옮김, 민음사, 2010.

의 사랑이 키르케고르의 사랑과는 정반대편으로 나아간 것이었다고 말할 수 있다. 달리 말하자면, 그의 사랑은 '집착'이라는 추잡한 감정의 표현에 지나지 않는 것으로 생각할 수도 있는 것이다. 그러나 사태를 올바로 보자면, 케말의 사랑은 키르케고르의 사랑과 정확히 닮아 있다. 왜냐하면 그것은 극단을 향한 도전이기 때문이다. 우리는 케말의 끈질긴 집중력을 이에 대한 증거로 내세울 수 있다.

12.

케말이 사랑을 돌보는 방식 역시 '유일하게 적절한 물건'만을 가지는 것이었다. 가령 '버려진 담배꽁초' 같은.

> 케스킨 씨네 집 식탁에 앉아 있던 8년 동안, 나는 퓌순이 피운 4,213개의 담배꽁초를 가져와서 모았다. 한쪽 끝이 퓌순의 장미꽃 같은 입술에 닿고, 입속으로 들어가고, 입술에 닿아 젖고(가끔 필터를 만져 보았다) 입술에 바른 립스틱 때문에 붉은색으로 멋지게 물들어 있는 이 담배꽁초 하나하나는, 깊은 슬픔과 행복한 순간의 추억을 간직하고 있는 아주 특별하고 은밀한 물건들이다. 퓌순은 구 년 동안 언제나 삼순 담배를 피웠다. (p. 199)

13.

4,213개의 담배꽁초. 이것이야말로 사랑을 위해 유일하게 적절한 물건이다. 극단을 겨냥하는 사랑을 위한. 이것은 집착인가? 그렇다. 그러나 '적당'과 '대충'을 신조로 삼는 사람들에게만 그러하다. 케말은 퓌순을 숭배하지 않았다. 다시 말해 그의 사랑에는 아

무런 환상도 없었다. 그러나 케말은 '퓌순'을 숭배했다. 그는 지칠 줄 모르고 '퓌순'이라는 단어를 먹고 또 먹었다. 그의 사랑은 그러니까 문자를 향한 배고픔이었던 것이다! 그는 먹지 않으면 안 되었지만, 먹어도 배부를 수 없다는 것을 잘 알고 있었다. 그래서 그는 절망으로 훈련했고, 절망으로 사랑했다. 퓌순을, 그리고 '퓌순'을. 그의 사랑은 뜨거운 사랑이 아니라 차가운 사랑이었고, 식지 않는 사랑이었다.

14.

그렇습니다, 그게 바로 퓌순입니다. 그녀를 아주 잘 이해한 것 같군요. 자존심이 상할 법도 한데, 주저하지 않고 자세히 말해주어서 정말 감사합니다. 그렇습니다. 중요한 건 자부심입니다, 오르한 씨. 내 박물관을 통해 터키 사람들뿐 아니라 세상 모든 사람들에게, 우리가 살아가는 삶에 대해 자부심을 갖도록 가르쳐주고 싶습니다. 나는 여행을 했고 보았습니다. 서양인들은 자부심을 가지고 있지만, 세상 대부분의 사람들은 수치심 속에서 살고 있습니다. 하지만 우리 삶 속에서 수치심을 주는 것들을 박물관에 전시한다면, 그건 즉시 자부심을 느낄 것들로 변합니다. (pp. 383~84)

15.
『순수박물관』이 '퓌순'을 위한 것이라면, '절망박물관'은 '아샤 라시스'를 위한 것이다. 그리고 절망은 순수의 선배이다. 절망은 베르길리우스가 단테를 위해 했던 역할을 순수를 위해 떠맡는다.

구원으로 올라가는 길의 안내자 역할을. '절망박물관'을 만든 시인의 산문시 한 편을 보자.

　사랑하는 남자는 연인의 '결점'에만, 여자의 변덕과 약점에만 애착을 갖는 것은 아니다. 얼굴의 주름, 기미, 낡아빠진 옷과 삐뚤어진 걸음걸이가 모든 아름다움보다 훨씬 더 지속적으로 그리고 집요하게 그를 사로잡는다. 그것은 아주 오래전부터 알려져 있는 사실이다. 그렇다면 왜? 감각은 머릿속에 둥지를 트는 것이 아니며 우리는 창문, 구름, 나무를 뇌가 아니라 오히려 우리가 그것을 보는 장소에서 느낀다는 설이 있는데, 그러한 주장이 옳다면 우리는 애인을 바라볼 때도 우리 외부에 있게 된다. 하지만 고통스러울 정도로 긴장하며 완전히 마음을 빼앗긴 채. 현혹된 우리의 감각은 여자의 광휘 속을 새들 무리처럼 빙빙 돈다. 그리고 새들이 잎이 무성한 나무의 은신처에서 보호처를 찾듯이 온갖 감각은 애인의 육체의 그늘진 주름, 품위 없는 동작, 눈에 잘 띄지 않는 결점 속으로 도피해 그곳에서 안전하게 은신처에 몸을 숨긴다. 그리고 그저 스쳐 지나가는 사람은 바로 이곳, 즉 결점이 있는 곳, 비난받을 만한 곳에 한 여자를 숭배하는 남자의 화살처럼 빠른 연정이 둥지를 튼다는 사실을 짐작조차 못할 것이다.[4]

16.
결점이 있는 곳에 사랑이 둥지를 튼다고? 그러나 결점은 피하

4) 발터 벤야민, 『일방통행로』, 조형준 옮김, 새물결, 2007, p. 33.

거나 고쳐주는 것이 마땅하지 않은가? 어째서 장점이 아닌 결점이 있는 곳을 은신처로 삼아 그곳에 사랑의 둥지를 트는가? 이것은 키르케고르의 배움만큼이나, 아니 그보다 더 이상한 수수께끼다. 다시 한 번 루카치에게서 힌트를 구해보자. 그는 키르케고르의 영웅주의에 대해 "그것은 그가 삶으로부터 형식들을 창출하려고 했다는 점에 있다"고 말한다. "그의 정직함은 그가 이런저런 갈림길을 보고도 그가 결정했던 길을 끝까지 갔다는 점에 있다. 그의 비극이 있다면 그것은 그가 사람들이 살아갈 수 없는 길을 살아가려고 했다는 점에 있다."[5] 갈 수 없는 길을 끝까지 간다…… 혹시 이렇게 바꿔 말할 수 있을까? 사랑할 수 없는 것을 끝까지 사랑한다…… 이것은 벤야민의 영웅주의다. 케말은 어쩌면 벤야민의 에피고넨에 불과할지도 모른다. 그러나 물론 케말 역시 끝까지 길을 갔고, 그로써 영웅이 되었다.

17.

사랑할 수 없는 것을 끝까지 사랑한다는 것은 끔찍한 일이다. 그리고 끔찍하다는 것은 극단의 대표적인 성격이다. 잘 생각해보라. 배가 고픈데 빵이 아니라 단어를 먹는다는 것은 실로 그지없이 끔찍한 일이 아닌가? 요컨대 진짜 절망은 끔찍하다. 따라서 절망은 비인간적인 현상이며 결코 휴머니즘의 영역에 속할 수 없다. 무엇보다 절망은 파괴적이기 때문이다. 절망을 훈련하는 자는 휴머니즘의 안락을 결코 기대하지 않는다. 그는 그 안락이 얼마나 많은

---

5) 게오르크 루카치, 같은 책, p. 71.

타협과 기만을 대가로 치렀는지 또렷이 알고 있다. 휴머니즘은 극단의 적대자이다. 휴머니즘은 억제하는 트리니티다.

18.

절망은 사막을 지날 때 우리가 유일하게 마실 수 있는 물이다. 저마다 스스로 침샘에서 만들어낼 수 있는 최후의 물. 자기 자신의 침, 자기 자신의 단어. 최후의 단어.

19.

껍데기만을 두고 본다면, 시간을 소비하는 것과 삶을 견디는 것 사이에는 아무런 차이가 없을 수도 있다(어쨌든 둘 다 사막을 지나는 것이다). 그것은 무엇보다 우리가 자기 자신을 연출할 수 있는 존재이기 때문이다. 그러나 문제는 이제 연출이 거의 자연화 naturalized되어버려서 뭇 사람들이 별다른 노력 없이도 쉽게 해낼 수 있다는 점이다. 그러나 만약 자기 자신의 삶을 순전히 자신의 노력만으로 연출하려는 사람이 있다면, 그는 길거리에서 옷을 입고 있어도 마치 벌거벗은 것처럼 괴로움과 수치심을 느낄 것이다. 연출이 마치 본능처럼 유전되고 습득되면서 인간에게서 가장 먼저 사라진 능력은 수치심을 느끼는 감각이다. 사람들이 절대적인 사랑, 사랑이 아닌 사랑을 감당할 수 없게 되어버린 것은 이 때문이다. 게다가 이른바 '생활'의 모든 영역에서 수치심의 본래 의미는 심각할 정도로 훼손되고 있다. 많은 사람들이 수치심을 느끼는 때는 (매뉴얼에 따라) 연출을 제대로 못했을 때이다. 그러나 그들은 자신의 연출 자체에 대해 수치심을 느껴야 마땅하다. 스스로의 노력으로 해낸 것이 아니라 남들의 연출에 묻어가려는 연출에 대해서. 그러니까 상품화된 연출, 레디-메이드된 연출에 대해서!

20.

문자와 사랑을 돌보는 것은 절망을 훈련하는 일이다. 그리고 절망을 훈련하는 일에는 그 훈련 자체가 덧없을지도 모른다는 사실에 대한 수업까지 포함되어 있다. 이것은 너무도 기묘한 형태의 훈련이다. 훈련 자체의 쓸모없음에 대한 훈련까지도 포함하는 훈련이기 때문이다. 이 훈련에는 아무 장비도 매뉴얼도 없고 심지어 교관마저 부재한다. 이 훈련은 '그저' 삶이다. 죽음의 한가운데 있는 삶. 죽음의 바다 위에서 표류하는 삶. 극단의 삶. 먹을 것이라곤 단어뿐이며, 사랑할 수 있는 것이라곤 결점뿐이다. 게다가 소유할 수 있는 것은 아무것도 없고 단지 꼭 '필요한 쓸모없는' 물건들만으로 문제를 해결하고 상황에 대처해야 한다. 이것을 삶이라고 부를 수 있을까?

21.

절망을 훈련하는 일은 문자와 사랑을 돌보는 것이다. 그리고 문자와 사랑을 돌보는 일에는 그 돌봄 자체가 아무 소용이 없을지도 모른다는 사실에 대한 돌봄까지도 포함되어 있다. 이것은 너무도 기묘한 형태의 돌봄이다. 돌봄 자체의 쓸모없음에 대한 돌봄까지도 포함하는 돌봄이기 때문이다. 이 돌봄에는 아무런 도구도 지침도 없으며 심지어 도우미마저 부재한다. 이 돌봄은 '그저' 삶이다. 삶 한가운데 있는 삶. 갈증의 사막을 끝없이 방황하는 삶. 파괴의 삶. 마실 것이라곤 자신의 침밖에 없으며, 내보일 수 있는 것이라곤 수치심밖에 없다. 게다가 추억할 수 있는 것은 오로지 4,213개의 담배꽁초밖에 없으며, 그것으로 사랑을 이어가야 한다. 이것을, 도대체, 삶이라고 부를 수 있을까?

22.

그렇다. 이것이야말로 원격 작용하는 삶이다. 수억 광년 저편의 혜성과 교신하는 삶이다. 그러나 이 삶은 어떻게, 어디서부터, 어디를 향해 원격 작용하는가? 티나지 않게, 나 자신으로부터 바로 '옆 사람'을 향해 원격 작용한다. 흔히 생각하는 것과는 달리 진짜 절망은 '옆 사람'을 전염시키지 않는다. 그것은 오히려 '옆 사람'을 침착하게 바라보게 해준다. 오늘날 '옆 사람'에 대한 응시는 극도로 힘들고 어려운 일이 되고 말았지만, 그럼에도 그것이 절대적으로 필요한 미덕이라는 사실에는 변함이 없다. ('옆'이야말로 가장 바라보기 어려운 시각의 사각지대가 아닌가!) '옆 사람'을 바라보지 않으면 우리는 그를 도와줄 수 없다. 요컨대 원격 작용하는 삶은 돕는 삶이다. 이 말은 '원격 작용하는 삶은 파괴하는 삶이다'라고 바꿔 쓸 수 있다. 극단의 삶은 '옆 사람'의 적당히 대충 때우는 삶을 파괴한다. 이것이야말로 단어의 진정한 의미에서의 '도움'이다. '옆 사람'으로 하여금 스스로의 단어를 먹고 살아가도록 하는 것, 사랑할 수 없는 것을 사랑하도록 하는 것. 이것이 도움의 근본이다.

23.

아마도 이러한 도움은 빈번히, 번번이 거절당할 것이다. 세상에
는 절망보다 힘센 것이 너무도 많기 때문이다. 그러나 이미 말했듯
이 기묘한 돌봄의 훈련을 받은 자는 그것 자체의 덧없음과 무익함
에 대한 인식까지 겸비하고 있으므로, 그러한 거절에 대해서 절망
하지 않는다. 오히려 그는 그러한 거절을 거절한 자의 삶의 비석
위에 지울 수 없는 형상으로 새겨 넣는 능력까지 갖추고 있다. 따
라서 거절한 자는 거절하기 이전의 삶과는 다른 삶을 살게 될 것이
며, 그에 따른 불편함Unbehagen으로 인해 결국에는 도움의 참뜻
을 깨닫게 될 것이다. 그렇게 되면 그는 파괴적 성격을 형성해나갈
것이다. 그러나 물론 여기에는 어떠한 형태의 강요나 압박이 존재
해서는 안 되며 그럴 수도 없다. 돕는 자는 그저 자기 자신의 단어
들을 먹으며 거절하는 자의 결점 속에 사랑의 둥지를 튼 채 침묵할
뿐이다. 그가 돌보는 문자는 결코 시끄럽게 떠들지 않는다.

24.

그의 문자들은 다만 자신만큼이나 '쓸모없는 필요한' 사물들과
춤추며 조용한 저녁 시간을 즐길 따름이다.

나는 이미 찻주전자와도 춤을 추었다.
설탕통과도.
쿠키통과도.
전화기와도.
자명종과도.

재떨이와도.

집 열쇠와도.

나의 가장 작은 파트너는 떨어진 외투 단추다.

아니다.

한번은 하얀 레소팔탁자 밑에 먼지 묻은 건포도가 떨어져 있었다. 그때 건포도와 춤을 추었다. (p. 331)

먼지 묻은 건포도와 추는 춤은 창조를 가리키는 파괴의 상징이다.

25.

성서에는 "네 이웃을 네 몸과 같이 사랑하라"고 쓰여 있으며, 프로이트는 이에 대해 "모든 사람이 사랑받을 가치가 있는 것은 아니다"라고 말했다. 문자와 사랑을 돌보는 일은 이 두 명제 사이의 긴장을 '끝까지' 견디는 일이다.

피로의 종말론

　종말이란 무엇인가? 그것은 누적된 피로의 결과이다. 처음에는 그저 발가락이 간지러운 느낌에 불과하던 피로가 조금 조금씩 시나브로 몸을 점령해 들어와 종내 눈알을 굴릴 만한 한 방울 힘조차 남지 않게 되었을 때, 그런 순간을 우리는 종말이라 부를 수 있다. 힘이 없어서 눈알조차 굴릴 수 없다면, 그건 정말이지 '끝장' 아닌 가? 그러므로 삶에서 벌어지는 모든 전투는 결국 피로와의 싸움이라 할 수 있다. 삶이 끝으로서의 죽음을 유예하기 위한 활동의 총합이라면 말이다. 그러나 난감한 사실은, 우리는 결코 피로와 싸울 수 없다는 점이다. 다시 말해 피로는 싸움을 허락하지 않는다. 실상 그것은 싸움의 가능성을 완전히 벗어나 있다. 피로는 오로지 평화와 번영만을 구가한다. 피로는 삶의 형이상학의 전제군주와도 같다. 이 군주 아래 엎드린 모든 피조물——당연히 인간을 포함한——은 말 그대로 '무기력'할 뿐이다.

　"내일은//인류의 마지막 날이었다"[1]라는 불가능한 문장, 그러나 섬뜩한 통찰로 가득 찬 문장을 담고 있는 박민규의 단편 「끝까지 이럴래?」는 피로에 휩싸인 인간을 그리고 있다. 우리는 이 소설을 더없이 불쌍하고도 참을 수 없을 만큼 가증스러운 피조물에 대한 탁월한 관찰의 결과물로 읽을 수 있다. 간단히 말하자면 「끝까지 이럴래?」는 피로의 종말론을 말하는 소설이다. 이 소설을 한 문장으로 압축하면, 그것은 다음과 같다. '종말은 견딜 수 없는 피로감과 함께 온다.' 이 소설에 '내일'이라는 미래 명사와 '이었다'라는 과거 어미가 한 문장으로 묶여 있는 것은 바로 이러한 사태를 암시한다. '내일'이라는 '종말'은 인류의 모든 '이었다'가 중첩된 결과이기 때문이다. 다시 말해 지극히 하찮은 하나의 '이었다' 안에도 이미 '내일'은 들어 있다(이 사실을 모른다면, 피로는 결코 느껴질 수 없고 따라서 해소될 수도 없다). 그러나 이처럼 극단적인 대립자들을 한 장소 안에 동거하게 만들기 위해서는 극단적인 탈력(脫力) 현상을 통과해야만 한다. 즉 그것은 시간의 위력으로부터 철저히 벗어나야 가능한 일이다. 박민규의 불가능한 문장이 대립자들 사이에 두 행 분량의 빈 공간을 내포하고 있다는 점은 이런 관점에서 고찰되어야 한다. 즉 시간의 탈력이라는 관점에서. 이것은 말하자면 싸우지 않고 피하는 길이다. 아니, 싸움 자체를 무력화하는 것이라고 말하는 편이 더 정확하겠다. (어떤 의미에서 이 선택은 불가피하다. 피로는 싸움을 허락하지 않기 때문에) 즉 시간을 탈력시키는 것은, 앞에서 뒤로, 과거에서 미래로, 탄생에서 죽음으로 맹렬하게

---

1) 박민규, 「끝까지 이럴래?」, 『더블 · side A』, 창비, 2010. p. 146. 이하 본문 인용은 쪽 수만.

혹은 쏜살같이 흘러가는 시간을 반복적으로 응시하게 만드는──레이싱 카들이 굉음을 뿜으며 지나갈 때마다 기계적으로(사실은 자연스럽게!) 이쪽에서 저쪽으로 돌아가는 머리를 떠올려 보라──괴물을 잠재우는 일이다. (혹시 이 괴물은 에드거 앨런 포가 묘사했던 '어셔 저택'과 같은 모습을 하고 있지 않을까.)

그렇다면 박민규는 어떻게 시간을 탈력시키는가? 「끝까지 이럴래?」가 제시하는 방법은 간단하다. '관찰'이 그것이다. 단 한 번도 명시적으로 목소리를 내거나 뚜렷한 족적을 남기지 않지만, 이 작품에서 가장 놀라운 존재는 바로 '화자'다. 놀라우리만치 냉철하고 비인간적일 정도로 강력한 집중력을 발휘하고 있기 때문이다. 그의 가공할 시선(혹은 시력)에 의해 인류 최후의 두 인간──애덤스와 창──은 말 그대로 '끝까지' 발가벗겨진다. 화자는 결코 눈에 띄게 나서지 않지만, 다시 말해 중뿔난 논평을 가하지 않지만, 그의 집요한 관찰력은 최후 인간의 실상을 낱낱이 파헤친다. 이때 가장 먼저 눈에 띄는 사실은 최후의 두 인간 애덤스와 창이 기실 둘이 아닌 하나라는 점이다. 애덤스Adams는 최초의 인간 '아담Adam'의 알레고리이며, 창(創)은 창세기Genesis의 제유이다. 따라서 두 사람의 이름은 공히 최초=최후의 인간을 가리킨다──시간의 원환에서 시작과 끝은 동일한 점 위에 포개어져 있다──고 할 수 있다. 게다가 두 사람의 만남의 계기가 되는 '층간 소음'을 생각해보자. 위층에 사는 창은 애덤스가 일으킨(다고 생각된) 소음 때문에 아래층의 애덤스를 방문한다. 하지만 애덤스는 자기는 결코 소음을 유발한 적이 없으며 그럴 만한 이유도 기회도 전혀 없다고 시치미를 뗀다. 이렇게 해서 오해가 풀린 두 사람은 함께 '최후의 만찬'을 들게 된다. 그러나 작품 말미에 밝혀지는 사실은 두 사람이 똑같이 소음을 냈고, 이 때문에 서로에게 아주 신경질이 나 있었다는 것이다["모두가/예민할 때죠(p. 145)."]. 이를 통해 유추해볼 수 있는 사실은 이 두 인물이 맞닥뜨린 것은 결국 '타자로서의 자기 자신'(폴 리쾨르)에 다름 아니라는 점이다. 요컨대 애덤스는 창이고 창은 애덤스라는 사실, 정확히 말해 아담은 아담이라는 사실이 이 소설의 첫번째 핵심이다.

그러나 여기서 유의해야 할 점이 있는데, 그것은 '아담은 아담이다'라는 문장에서 첫번째 아담과 두번째 아담이 시간의 축 위에서 서로 정반대 편에 서 있다는 사실이다. 즉 첫번째 아담은 최초의 인간이고, 두번째 아담은 최후의 인간인 것이다. 다시 말해 아담(과 아담)은 시간의 시작과 끝—그러나 다시 말하지만 이것은 결국 하나의 동일한 점이다—에 동시에 (서로를 마주한 채) 서 있는 셈이다. 애덤스와 창이 각기 첫번째 아담과 두번째 아담을 표상한다는 사실은 애덤스의 아이들—존과 보니—이 창의 나이와 비슷하다는 진술을 통해서 더욱 강력하게 뒷받침되며, 더 나아가 다음과 같은 애덤스(첫번째 아담)의 말을 통해서 결정적으로 확증된다. "오랜 세월 되새겨온 거짓말이었지만 그는 자신의 전부를 동원해 스스로의 환상에 몰입해 있었다(p. 100)." 오랜 세월 동안 거짓말을 되새겼으며, 자신의 전부를 동원해 스스로의 환상에 몰입해 있다는 진술은 정말이지 놀라운 차원 비약의 가능성을 담보하고 있다. 말하자면 이 문장은 인류 역사 전체를 남김없이 압축하는 단하나의 문장인 것이다. 이것은 잠언의 형태로 제시된 빼어난 역사철학이다. 그리고 이 추측을 움직일 수 없는 사실로 확증해주는 것이 다음과 같은 정황이다. 그러니까 이 역사철학적 문장은, '행복하냐'는 창의 마지막 물음에 대한 애덤스의 대답, 즉 '아이들과 함께 디즈니랜드에 갔었다'는 말에 대한 화자의 보충 진술로서 제시되었다는 사실. 말할 것도 없이 애덤스의 대답은 새빨간 거짓말이었다. 그는 결코 아이들과 함께 디즈니랜드에 간 적이 없다. 실제로 애덤스가 스스로의 행복을 위해 한 일은 아들(존)을 죽이고, 딸(보니)에게 펠라티오를 시킨 것뿐이다. (존을 죽인 이유는 물론 보니에게 펠라티오를 시키는 데 방해가 되었기 때문일 것이다.) 이렇게 보면, '층간 소음'에 의한 스트레스를 명분 삼아 애덤스를 죽이기 위해 총을 들고 찾아갔던 창은 죄악에 물든 아버지(첫번째 아담)를 죽이기 위해 되살아 돌아온 아들(두번째 아담) 존을 표상한다고 말할 수 있다. 이처럼 아들이 아버지를, 최후의 아담이 최초의 아담을 죽이려는 장면을 담고 있다는 점, 이것이 이 소설의 두번째 핵심이다. 덧붙이건대, 역사철학적으로 말하자면, 두번째 아담의 살해 기도(企圖)는 원죄에 의해 개시된 죄의 역사를 끊어내려는 노력이라고 볼 수 있다.

그러나 이 소설의 가장 빼어난 핵심은 아직 말해지지 않았다. 이를 위해서는 먼저 이 소설의 클라이맥스를 이루는 장면이 무엇인지 살펴보아야 한다. 「끝까지 이럴래?」의 압권은, (고의인지 실수인지는 밝혀지지 않지만) 창이 흘려놓고 간 총을 애덤스가 뒤늦게 발견하는 장면이다. 그러나 식탁 의자에 놓여 있던 총을 본 애덤스가 한 일은 예상과는 달리 무덤덤하게(!) 문을 잠그는 것이 전부였다. 문을 잠근 애덤스는 보니가 자신의 성기를 펠라티오하는 장면이 녹화된 캠코더를 보면서 인류 최후의 밤을 그지없이 평화롭게 보낸다. 그러니까 결국 두번째 아담은 죄악으로 물든 첫번째 아담을 죽이지 못한 것이다. 창이 애덤스와 식사하는 내내 안절부절하는 태도를 보인 것은 아마도 자신의 사명—첫번째 아담의 처단—을 완수하지 못할 것 같은 불안감 때문이었을 것이다. 무기력하게도 창은 총을 애덤스에게 넘겨준 채 쓸쓸히 퇴장해버린다. 두번째 아담은 (또다시) 첫번째 아담에게 패배한 것이다. 그런데 이 실패를 곰곰이 톺아보는 우리에게는 애덤스와 창의 식사 장면이 이반 카라마조프의 서사시 「대심문관」의 현대적 계승이라는 생각이 떠오르지 않을 수 없다. 익히 알려져 있다시피, '두번째 아담'이란 결국 '다시 오실 예수그리스도'를 가리키는 말이기 때문이다. 두번째 아담의 패배를 확증해주는 텍스트상의 증거. "이젠 예수가 아니라 예수 할애비가 온다 한들… 말이죠(p. 145)." 이것은 창의 말이다. 그러니까, 십자가를 예감한 예수가 그러했듯이, 창 역시 자신의 패배를 미리 알고 있었던 것이다.

두번째 아담은 어째서 첫번째 아담에게 무기력하게 굴복한 것일까? 이에 대한 답 역시 간단하다. 그것은 첫번째 아담이 두번째 아담보다 훨씬 더 피로에 강하기 때문이다. 두번째 아담은 피로에 철저히 무기력하다. 왜냐하면 그는 시간을 탈력시키는 데 모든 에너지를 쏟았기 때문이다. 그에 반해 첫번째 아담은 지칠 줄 모른다. 왜냐하면 그는 시간의 메커니즘에 완벽하게 적응했기 때문이다. 이쯤에서 '피로'라는 단어가 죄의 환유에 다름 아니라는 비밀을 밝혀야 할 것 같다. 피로란 결국 죄의 현상 형태에 다름 아니다. 따라서 피로에 강하다는 것은 죄책감을 느끼지 않는다는 것을 뜻한다. 그래서 피로에 강한 인간들만이 살아남는 세상에서는 이미 오신 예수는 말할 것도 없고 다시 오실 예수 역시 철저한 무기력을 느낄 수밖에 없다. 왜냐하면 인간의 죄는 이미 시간의 지붕을 뚫고 나가 영원의 발목까지 붙들고 있는 형편이기 때문이다. 다시 말해 이제 인간들은 오히려 피로를 즐기는 지경에 이른 것이다! 사정이 이러하니 실로 예수가 아니라 예수 할애비가 온다 한들! 애덤스에게 총을 넘겨준 뒤 '행복하냐'는 나직한 물음을 던지며 떠나는 창의 모습이 대심문관 앞에서 조용히 물러나는 예수의 뒷모습과 오롯이 겹치는 것은 바로 이 때문이다.

이제는 정말로 이 소설이 창조한 최고의 핵심을 만져볼 수 있게 되었다. 그것은 바로 창과 애덤스 서로의 신경을 긁었던 두 가지 '소음'의 정체가 무엇인지를 묻는 것이다. 이 물음은 결국 이 소설의 제목의 의미가 무엇인지를 묻는 것과 같다. 소설 말미에 밝혀지지만, 층간 소음을 만든 것은 아래층의 애덤스뿐 아니라 위층에 사는 창 또한 마찬가지였다. 아닌 게 아니라 애덤스는 자기야말로 소음의 진짜 피해자라고 생각했다. 그러나 그는 창과 식사하는 중에 그 얘기—즉 오히려 자기가 피해자라는 얘기를 하지 않은 것에 대해서 자부심에 가까운 감정을 느낀다(이것 역시 흥미로운 수수께끼다). 그러나 인류 최후의 날의 태양이 떠오르고 숙취에서 깨어난 애덤스에게, 다시금 위층으로부터 소음이 들려온다. 애덤스는 혼자 중얼거린다. "끝까지 이럴래?(p. 174)" '끝까지' 죄악의 늪에서 헤어나오지 못하는 첫번째 아담의 신경을 '끝까지' 긁어놓는 이 '소음'은 도대체 무엇일까? '끝까지' 애덤스를 붙잡고 놓아주지 않는 창의 '소음'은 대체 어떤 의미를 갖는 것일까? 아마도 이렇게 말할 수 있을 것이다. 첫번째 아담의 소음은 죄의 소음이지만, 두번째 아담의 소음은 사랑의 소음이라고. 다시 한 번 이반 카라마조프를 끌어오자면, 그것은 대심문관을 향한 예수그리스도의 입맞춤과 같은 것이다. 그리고 이 지독한 사랑의 소음에 직면해서는 제아무리 피로에 강한 애덤스라도 결코 '무덤덤하게' 반응하지 못한다. 물론 그럼에도 이 지독한 인간은 여전히 죄의 소음으로 거기에 응답할 따름이다. 이처럼 기묘한 비대칭의 소음-대화, 이것이야말로 이 소설이 창조해낸 최고의 문학적 열매이다.

누적된 피로는 언제 풀리는가? 그것은 피로를 '진짜로' 느낄 때이다. 아직은 괜찮다고 느낀다면, 여전히 피로에 붙잡혀 있는 것이다. 정말로 절실하게 피로를 느낄 때, 더 이상은 견딜 수 없다고 느낄 때, 그때가 되어야만 비로소 피로는 풀릴 수 있다. 박민규의 「끝까지 이럴래?」를 통해 한국 문학은 비로소 진정한 '관찰'의 가치를 배울 수 있게 되었다. 이 관찰은 그보다 한 세기 반가량 앞서서 도스토옙스키가 행했던 바로 그것이다.

완전한 거지의 보물

이 세상의 길을 지나가는 자는 모두 거지이다. 누구도 여기에서 예외가 될 수 없다. 설혹 누군가가 제 삶 속에서 덧없이 짧은 순간, 그러니까 아주 잠시 동안 셀 수 없이 많은 것을 누리거나 아주 커다란 것을 손에 움켜쥔다 해도, 그 역시 처음부터 끝까지 그저 거지일 뿐이다. 바로 이것이 우리 모두의 본래적인 조건이며, 이것은 누구나 알고 있는 사실이다. 그러나 본래적인 의미에서 모든 인간이 거지라고 해도, 말 그대로 완벽한 의미의 거지, 즉 '완전한 거지'로서 살아갈 수 있는 자는 거의 없다. 요컨대 우리는 근본적으로 모두 거지이지만, 우리의 본래성을 충실히 구현하면서 살아가지 못하는 것이다. 바꿔 말하자면, 어설프고 모자란 거지인 우리 앞에는 '완전한 거지'의 형상이 하나의 이념이자 과제로서 주어져 있다. '완전한 거지'의 형상은 한편으로 하나의 이념이므로 더할 수 없이 확고하고 영원하지만, 다른 한편으로는 성취 불가능한 과제로서 우리를 끝없는 위험 속으로 몰아넣는 파괴적인 힘을 가졌다. 그러나 아무도 저 이념을 외면할 수 없고, 누구도 저 힘에 저항할 수 없다. 특히 현실의 무한한 불안정성과 삶의 근본적 무규정성을 올바르게 통찰하는 정신이라면 더더욱 저 이념의 힘 앞에 무력할 수밖에 없다. 그러나 우리는 바로 이 무력감에 대해서 깊은 친근감을 느낄 필요가 있다. 그래야만 비로소 참으로 강해질 수 있기 때문이다. 그러면 여기서 '완전한 거지'의 길에 대해 생각해보기로 하자. 비록 이것이 단편적인 시도로 그치게 된다 해도, 그 파장은 우리의 삶 속에서 아주 길게 그리고 멀리 퍼져 나갈 것이다.

거지는 세상의 좁은 길을 걸었다. 길 위에서 그는 이따금씩 영원의 화음처럼 울리는 아득한 목소리를 들었다. 이 청취는 이루 말할 수 없이 아늑하면서도 동시에 뼈가 저릿해올 정도로 섬뜩한 경험이었다. 그것이 그의 삶의 나머지 시간을 모두 압도해버렸다고 말해도 좋을 정도였다. 그가 들은 목소리는 길 끝에 가 닿았다가 무수한 신비의 메아리로 되돌아와 다시 걸어갈 길의 처음을 크게 떨리도록 만들었다. 이 거대한 떨림 덕분에 그는 깨달았다. 세상의 모든 참된 길은 굳건한 대지가 아닌 물결치는 바다 위로 뻗어 있다는 사실을. 그는 생각했다. 모호한 환상과 스스로 만들어낸 꿈에 현혹되지 않은 자라면, 그가 살고 숨 쉬는 현실이 바다 위에서 파도와 함께 요동치는 길들로 이루어진 것이라는 사실을 부인할 수 없을 거라고…… 단단한 육지가 아닌 출렁이는 바다 위에 살고 있다는 깨달음, 이것이 그를 완전한 거지로 만든 비밀이었다. 그러나 이 비밀 때문에(혹은 덕분에) 그는 육지 위에서는 더는 제대로 걸을 수 없게 되었다.

바로 이곳이 근원적인 차이가 생성된 지점이다. 땅 위의 사람들은 모두 흔들림 없는 땅 위에 굳건히 서 있다고 믿는 반면, 거기서 오히려 '완전한 거지'는 극심한 멀미를 느낀다. 흔들림이 있어야만 균형을 찾을 수 있다는 것, 이 역설이 그를 변화시켰다. 땅 위에서 그는 계속되는 멀미와 구토로 기력을 잃고 완전히 쇠잔해졌다. 지칠 대로 지친 그는 자기에게 고유한 흔들림을 찾고자 바다를 향해 나아갔다. 그리고 바다에서 최고의 보물을 만났다. 그런데 그 보물이란 다름 아닌 그가 이미 들었던 목소리—영원의 화음이었으므로, 그는 그것을 간직할 수는 없었다. 그가 할 수 있었던 유일한 일은 그 화음이 희미한 메아리로나마 다시 울려 퍼지도록 하는 것이었다. 흔들리는 파도 위에 작은 글자들을 써넣음으로써 말이다. 그렇지만 그가 쓴 글자는 수면 위에 새겨진 것이므로, 우리는 그것을 읽을 수 없고 다만 귀를 크게 열어 거친 파도소리 속에서 그것을 간취할 수밖에 없다. 다시 말해 아득한 메아리를 듣듯 깊고 넓게 귀를 열어야 하는 것이다.

첫번째 보물: 허튼소리

맨 처음 우리 귀에 들려오는 소리는 '허튼소리'다. 이것은 저 영원의 화음의 가장 밑에서 육중하게 울려 퍼지는 계속 저음general bass이다.

조그마한 용기가
필요할 뿐이다

힘은 손톱 끝의
때나 다름없고

時間은 나의 뒤의
그림자이니까

거리에서는 고개
숙이고 걸음 걷고

집에 가면 말도
나지막한 소리로 걸어

그래도 정 허튼소리가
필요하거든

나는 대한민국에서는
제일이지만

以北에 가면야
꼬래비지요

—김수영, 「허튼소리」 전문[1]

---

1) 이 글에서 인용되는 김수영의 시들은 모두 『김수영 전집1』(민음사, 1995)에서 가져왔다.

첫번째 보물은 언젠가 모두가 주목하게 될 구체적인 것, 즉 '허튼소리'이다. 육지를 점령한 자들에 의해 추방당한 수많은 '허튼소리'들은 바다 위의 길을 떠돌고 있다. '허튼소리'들을 추방한 육지의 지배자들은 모두 논리와 문법과 폭력으로 근사하게 정장을 갖추어 입고 오직 '(입)바른 소리'만을 듣거나 말하려 한다. 그리고 그들의 의지는 언제나 관철된다. 왜냐하면 '허튼소리'를 쫓아내려면 '손톱 끝의/때나 다름 없'는 약한 힘만 제압하면 되기 때문이다. 이것은 손쉬운 일이다. 그러나 '허튼소리'가 '조그마한 용기'만을 필요로 하는 것은 왜일까? 이 낮은 목소리는 어째서 '그래도 정 허튼소리가/필요하'다고 말하는 것일까? 이것은 쉽지 않은 수수께끼다.

'(입)바른 소리'가 '허튼소리'를 쫓아낼 수 있는 것은 바로 정당성legitimacy 때문이다. '(입)바른 소리'에게는 늘 충분한 정당성이 있지만, '허튼소리'는 아예 정당성이란 말조차 알지 못한다. 그러나 현대의 육지 공간을 장악한 힘들은 모두 정당성으로부터 나온다. 그래서 육지의 모든 것을 의심했던 어느 회의주의 철학자는 다음과 같이 말했다. "모든 것 그리고 모든 사람에게 정당화의 의무를 지우는 것은 오늘날 널리 퍼져 있는 지배적인 경향이다. 모든 것이 '정당화의 문맥' 속으로 들어가야만 하며 [······] 어딘가에 아직 정당화의 위기가 존재하지 않을 경우, 그것은 필요에 따라 고안될 수도 있다. 즉 정당화 요구의 편재성에 대한 관심이 지배적이라는 말이다. 왜냐하면 오늘날에는 명백히 모든 것이 정당화를 필요로 하기 때문이다. 가족, 국가, 인과성, 기분, 삶, 교양, 심지어는 수영복조차도 정당화를 필요로 한다. 오직 한 가지 — 도대체 왜 그런지는 모르겠지만—만이 정당화를 필요로 하지 않는다. 즉 모든 것과 모든 사람이 필요로 하는 정당화 자체의 필연성 그것만이 정당화를 필요로 하지 않는 것이다."[2] '허튼소리'에게 정당화를 요구하는 '(입)바른 소리'는 정당화를 필요로 하지 않는다. '도대체 왜 그런지는 모르겠지만' 그것은 언제나 이미 정당하기 때문이다. 이에 반해 어떻게 해야 정당화될 수 있는지, 무엇이 정당한 것인지 도대체 알 길이 없는 '허튼소리'에게 남아 있는 유일한 선택지는 '추방'뿐이다. 설령 추방되지 않는다 해도, '허튼소리'는 다만 '나지막한 소리로' 스스로를 '꼬래비'로 비하한 채 고개를 숙이고 있을 수밖에 없다.

그러나 바로 그렇기 때문에 '허튼소리'는 모두의 주목을 받게 될 것이다. 그것도 하나의 '허튼소리'에게 다른 모든 소리들이 주목하는 것이 아니라, 모든 '허튼소리'들이 다른 모든 '허튼소리'들을 서로서로 주목하는 방식으로 말이다. 정장을 갖춰 입은 세련된 '(입)바른 소리'는 언제나 저 홀로 빛나지만, 어울리지 않는 옷을 입은 어수룩한 '허튼소리'들은 누구에게든 사소하고 하찮은 결점을 통해 오히려 빛나는 존재로 인정받게 될 것이다. 이 세상의 모든 '허튼소리'들이 서로에게 주목하고 귀를 기울인다면, 그때 그들의 어수룩한 모습들이 함께 만들 화음은 얼마나 멋질 것인가. 이 멋진 화음은 수수께끼에 대한 하나의 가능한 해답이다. 그러니까 시인의 낮은 목소리가 '허튼소리'를 필요로 한다고 말한 것은 바로 '허튼소리'들만이 이룰 수 있는 아름다운 화음 때문인 것이다. 거지의

---

2) Odo Marquard, *Apologie des Zufälligen*, Stuttgart, Reclam, 2008, p. 11.

첫번째 보물인 '허튼소리'는 결코 정당하지는 않지만, 그 어떤 것보다 소중하다.

두번째 보물: 당신의 책

타닥타닥 불꽃 튀는 소리에 섞여 나지막한 침묵의 기도 소리가 들려온다. 이것은 영원의 신비화음mystic chord 속에 숨어 있는 기발한 트릴(꾸밈음)이다.

> 내다 버릴 곳도 마땅찮아 책들 태워 구들 덥힌다
> 홑 창호를 뚫고 밤새도록 혹한 파고든 고향 집
> 책장이나 찢어 군불 지피려
> 아궁이 앞에 쭈그리고 앉았다
> 불길이 옮겨붙는지 활자의 파란 넋들이
> 일어났다 주저앉는다 스러지고 스러지는
> 저 아궁(我窮) 속의 어떤 학습은
> 캄캄한 미로를 헤맸으나 굴뚝 없는 구들이었으니
> 매운 연기로 가득 찼으리라 생각이 드는 오늘 아침
> 불길이 넘기는 영문 원서는
> 책보다 먼저 타오른 큰형님 유품이리라
> 곁불에 찌드는 도형은 육지의 항해술로 파선한
> 작은형의 좌표고 크레파스 그림일기는
> 부도를 내고 피신한 아우네 조카들 일과겠지만

여기 어느 책갈피도 들춘 적이 없어 나는
실패한 형제들의 교과서를 찢어 불길 속에 던져 넣는다
책을 태워 온기를 얻으려니 평생
문자에 기대 여기까지 온 나의 분서갱유가
우스꽝스럽다 반면(反面) 핥는 불꽃이
비꼬는 혀들 같다 노모의 성경책까지 함께 사르니
교과서 구할 길 없어 친구의 책 훔쳤던
중학교 1학년짜리 오래된 아픔까지 겹쳐 너울거린다
저 잿더미 속으로 스러지는 활자
누구도 다시 일으켜 세우지 못하리니
학습이란 태워 올리는 불길일까, 타고 남은 잿더미일까?

—김명인, 「책을 태우다」 전문[3]

정당성을 독점하는 정장의 사람들이 가장 중요시(혹은 문제시)하는 것은 무엇일까? 말할 것도 없이 그것은 '책'이다. 어째서일까? 책이 논리와 문법과 폭력을 전용(全容)할 수 있는 권리/권력의 원천이라는 것이 그들의 믿음이기 때문이다. 그들의 의지와 마찬가지로, 그들의 믿음 또한 거의 언제나 응답받는다. 그리고 이 성공은 다시 그들의 믿음의 연료가 된다. 즉 그들은 책을 열심히 읽고 책에서 말하는 대로 세상의 모든 '허튼소리'들을 착실히 제압함으로써 거대한 정당성의 제국을 완성시켜 나간다. 모두가 이미 너무나 잘 알고 있듯이, 저 제국의 상징은 '법정'이다. 정당성이 인

---

3) 김명인, 『꽃차례』, 문학과지성사, 2009.

정/기각되는 장소가 법정이라는 사실은 그들에게 권리/권력을 부여하는 책이 법칙들로 채워져 있음을 뜻한다. 요컨대 법칙의 책들이 모든 것의 정당성 여부를 판결하는 것이다. 따라서 제국의 상징인 '법정'은 육지 위에 실제로 건립되어 있는 '법원' 안에만 존재하는 것이 결코 아니다. '법정'은 도처에, 언제나 존재한다. 땅 위의 세상 전부를 의심했던 한 용감한 회의주의자는 이를 두고 "근대 생활 현실의 법정화"라 일컬었다.[4]

길고 긴 삶의 길을 걸은 다음 저 시인이 문득 책들을 불태우는 것은 '온기를 얻기 위해서'가 아니다. 그것은 다름 아니라 '법정화'에 저항하려는 행위이다. 따라서 마지막 행의 "학습이란 태워 올리는 불길일까, 타고 남은 잿더미일까?"라는 물음은 모든 것이 '법정화'되어버린 세계 속에서 오랫동안 시를 쓰면서 그로부터 도대체 무엇을 배웠는가에 대한 뼈아픈 반성의 탄식이다. 다시 말해 그는 법정의 목소리, '(입)바른 소리'가 강요한 정당화 작업에 자기도 모른 채 참여했었음을 뒤늦게 깨달은 것이다. 시인이 '문자에 기대여기까지 온' 제 삶을 '분서갱유'하는 것은 이 때문이다. '아궁(我窮)'이란 표현이 쓰인 것 역시 마찬가지다. 아궁, 스스로도 모르는 사이 궁지에 몰려 버린 탄식의 목소리. 여기서 알 수 있듯이, 정당화 요구는 단지 강력하기만 한 것이 아니라 더없이 집요하기까지

---

4) *ibid.*, p. 13. 그에 따르면 이 '법정화'의 원흉은 라이프니츠이고, 그의 충실한 후계자는 그 유명한 칸트다. "이 두 가지—라이프니츠의 신의론과 칸트와 피히테의 초월적·혁명적 이상주의—는 근대 생활 현실의 법정화라는 현상에 속하는 것이며, 바로 이 라이프니츠의 '신의론'에서 오늘날까지도 근본적인 차원에서 현실을 지배하는 법정화라는 현상이 철학적으로 개시된 것이다."

하다.

그러나 책을 태워버린다고 해도 정당화의 독촉을 피할 수는 없다. 회한의 감정 속에서 시인은 말한다. "저 잿더미 속으로 스러지는 활자/누구도 다시 일으켜 세우지 못하리니." 정당성의 목소리에 굴복당한 시인의 목소리는 다시 일어서지 못한다. 이미 '아궁'의 불구덩이에 빠졌기 때문이다. 그러나 우리에게 '허튼소리'의 소중함을 일깨워주었던 젊은 시인은 이보다 훨씬 지혜로운 전략을 가르쳐주고 있다. 그것은 책을 불태움으로써 덧없는 '반항'을 하는 것이 아니라, 책을 '덮어둠'으로써 법정의 집요한 소환을 교묘히 회피하는 방법이다.

덮어놓은 冊은 祈禱와 같은 것
이 冊에는
神밖에는 아무도 손을 대어서는 아니된다

잠자는 冊이여
누구를 향하여 앉아서도 아니된다
누구를 향하여 열려서도 아니된다

地球에 묻은 풀잎같이
나에게 묻은 書冊의 熟練―
純潔과 汚點이 모두 그의 象徵이 되려 할 때
神이여
당신의 冊을 당신이 여시오

잠자는 冊은 이미 잊어버린 冊
이 다음에 이 冊을 여는 것은
내가 아닙니다.

—김수영,「書冊」전문

책을 불태우는 행위가 정당화를 강제하는 법의 폭력에 대해 자
(기파)괴적 폭력으로 대항하는 것이라면, 책을 덮어놓고 손대지 않
는 행위는 교활한 믿음에 대해 어리석은 믿음으로 응수하는 전략
이라고 할 수 있다. 달리 말하자면, 논리와 문법과 폭력의 삼위일
체trinity를 신봉하는 정당화의 십자군들이 맹렬히 진군해올 때, 싸
움의 무기를 들고 자학으로 저항하는 대신 깊고 어두운 골방으로
조용히 물러나 치열하고 간절하게 기도함으로써 그들의 공격을 물
리치는 것이다. 시인이 "덮어놓은 책은 기도와 같은 것"을 말했던
까닭이다. 덮어놓은 채 손대지 않은 책은 이윽고 "잠자는 책""이
미 잊어버린 책"으로 변모한다. 그리고 마침내 "이 다음에" 그 책
을 여는 자, 곧 '신'이 도래하면, 그때 저 십자군들의 칼은 모조리
부러지고 그들의 갑옷은 걸레처럼 너덜너덜해질 것이다. 나아가
정당성의 거대한 법정들은 모두 무너지고, 법칙의 책들에서는 모
든 활자가 지워질 것이다. 그러나 그때가 도래하기 전까지 '잠자는
책'은 '누구를 향하여 앉아서도 아니된다/누구를 향하여 열려서도
아니된다.' 짧게 보고 쉽게 결론을 내리는 자들의 생각과는 달리,
책을 덮어놓고 기도하는 자는 결코 비겁한 자가 아니다. 그는 누구
보다 오랫동안 고통받는 자다. '순결과 오점이 모두 그의 상징이'

될 때까지, '서책의 숙련'이 온전히 묻을 때까지, 그는 꿇었던 무릎을 펴지 않는다. 그리하여 마침내 순결과 오점을 동시에 상징으로 갖춘 숙련된 책이 신에게 접수될 때, 그때 그는 더 이상 그 자신이 아니게 된다. "이 다음에 이 책을 여는 것은/내가 아닙니다."

내가 더 이상 내가 아니게 되는 순간 만나는 "당신의 책", 이것이 거지가 만난 두번째 보물이다.

세번째 보물: 불타는 해를 끄는 법

태양이 꺼지는 소리, 이것은 화음을 더욱 돋보이게 만드는 휴지부(休止部)와 같다.

구석에는 양쪽을 연결하는 둥근 발코니가 있었다. 이 발코니에서 우리는 지는 해를 보곤 했다. 해는 매우 빨갛고 컸으나 우리에게는 이미 친숙해져 있었다. 빨간 해는 내 동생 게오르크에게는 특히 매력적이었던 것 같다. 빨간 색이 발코니에 비치자마자 게오르크는 재빨리 달려 나갔다. 언젠가 한순간 혼자 발코니에 있을 때 그는 급히 발코니에 물을 부어버렸는데, 이유인즉 타는 해를 꺼야만 한다는 것이었다.[5]

저 홀로 이글이글 불타오르는 해. 이것은 이 세계를 남김없이 법

5) 엘리아스 카네티, 『구제된 혀』, 양혜숙 옮김, 심설당, 1982, p. 113.

정으로 만들고자 하는 '(입)바른 소리'꾼들의 믿음과 같은 것이다. 태양은 스스로를 유지하는 엄청난 열기로 자신에게 접근하는 모든 것을 불태워버린다. 마치 모든 것에게 정당화의 불꽃을 들이대지만 저 자신은 결코 화상을 입는 법이 없는 정당한 소리──법의 판결처럼 말이다. 육지 위의 누구도 태양을 꺼뜨릴 수 있다고는 생각하지 못할 것이다. 마찬가지로, 법정에 불려간 자는 결코 법 자체의 정당성을 의심할 수 없을 것이다. 왜냐하면 '빨간 해'와 법의 판결은 우리에게 이미 너무나 친숙해져 있기 때문이다. 그런데 어린 게오르크는 우리에게 아주 간단한 그러나 실로 혁명적인 방법을 가르쳐준다. 발코니에 타는 해가 떠오르면, 발코니에 물을 부어버리면 그만인 것이다! 판결의 순간, 치켜들려진 판사의 손에서 재빨리 망치를 낚아채면 그만인 것이다! 이것은 결코 장난이 아니다. 이것은 세계를 바꾸는 행위다. 아니, 세계를 해체하는 행위다. 책을 덮어놓고 오랫동안 순결과 오점이 하나될 때를 기다린 시인의 기도가 그러하듯이.

발코니에 물을 부어 해를 껐던 게오르크의 기도는 세계에 대한 하나의 '결정적인 오독'이다. 땅 위의 모든 것에 대해 절망했던 한 냉소주의 철학자는 이러한 오독을 두고 "세계에 대한 최후의 신뢰를 거부하는 저항 방식으로서의 범죄"[6]라 일컬었다. 그리고 우리는 지금 이 오독=범죄의 순간을 절창으로 노래한 목소리를 듣는다.

서두르다를 서투르다로 읽었다 잘못 읽는 글자들이 점점 많아진

---

6) 테오도르 아도르노, 『프리즘』, 홍승용 옮김, 문학동네, 2004, p. 237.

다 화두를 화투로, 가늠을 가름으로, 돌입을 몰입으로, 비박을 피박
으로 읽어도 문맥이 통했다

말을 배우기 시작하는 네 살배기 딸도 그랬다 번번이 두부와 부두
의 사이에서, 시치미와 시금치 사이에서 망설이다 엄마 부두 부쳐준
다더니 왜 시금치를 떼는 거야 그래도 통했다

중심이 없는 나는 마흔이 넘어서도 좌회전과 우회전을, 가로와 세
로를, 성골과 진골을, 콩쥐와 팥쥐를, 덤과 더머를, 델마와 루이스를
헷갈려 한다 짝패들은 죄다 한 통속이다

칠순을 넘긴 엄마는 디지털을 돼지털이라 하고 코스닥이 뭐예요?
라고 묻는 광고에 사람들이 왜 웃는지 모르신다 웃는 육남매를 향해
그래 봐야 니들이 이 통속에서 나왔다 어쩔래 하시며 늘어진 배를
두드리곤 한다

칠순에 돌아가셨던 외할머니는 이모를 엄니라 부르고 밥상을 물
리자마자 밥을 안 준다고 서럽게 우셨다 한밤중에 밭을 매러 가시고
몸통에서 나온 똥을 이 통 저 통에 숨기곤 하셨다

오독이 문맥에 이르러 정독과 통한다 통독이리라

—정끝별, 「통속」 전문[7]

이 낯선 목소리는 어떻게 읽든 문맥이 통한다고 말한다. 이것은
두말할 것 없이 '허튼소리'다. 그러나 그의 말은 옳다. '통속'은 통
속(通俗)이든 통(桶)속이든 무엇으로 읽어도 무방하다. 문맥이 통

---

7) 정끝별, 『와락』, 창비, 2009.

하는 데에는 (문)'법'이 아니라 '맥'(락)이 중요한 것이다. 이것은 결코 말장난이 아니다. 장난을 규정하고 규제하는 것은 법정의 판결이며, 말장난을 배제하고 배척하는 것은 교과서의 문법이 하는 짓이다. 하므로 참되고 성실한 저 목소리를 최대한 경청할 필요가 있다. 결코 가벼운 웃음 속에 이 시를 흘려보내서는 안 된다. 우리에게는 진지한 오독, 결정적인 오독이 필요하기 때문이다. 결정적인 오독만이 흔들리는 파도 위에서 균형을 잡을 수 있게 해준다. 아니, 파도에 맞춰 춤추듯 걸을 수 있게 해준다. 육지와 달리 바다 위의 길들은 언제든 뒤바뀔 수 있다. 때문에 우리에게는 기발하고 성실한 '허튼소리'가 더 많이 필요하다.

태양을 꺼뜨리고 세계를 해체하는 결정적인 오독, 이것이 거지의 세번째 보물이다.

네번째 보물: 나중에 떨어진 작은 꽃잎

촘촘한 허공을 가르고 꽃잎이 떨어진다. 작고 가녀린 꽃잎이. 이것은 가장 먼 데서 들려오는 화음에 깃든 안어울림음dissonant tone이다.

누구한테 머리를 숙일까
사람이 아닌 평범한 것에
많이는 아니고 조금
벼를 터는 마당에서 바람도 안 부는데

옥수수잎이 흔들리듯 그렇게 조금

바람의 고개는 자기가 일어서는 줄
모르고 자기가 가닿는 언덕을
모르고 거룩한 산에 가닿기
전에는 즐거움을 모르고 조금
안 즐거움이 꽃으로 되어도
그저 조금 꺼졌다 깨어나고

언뜻 보기엔 임종의 생명같고
바위를 뭉개고 떨어져내릴
한 잎의 꽃잎같고
革命같고
먼저 떨어져내린 큰 바위같고
나중에 떨어진 작은 꽃잎같고

나중에 떨어져내린 작은 꽃잎같고

—김수영, 「꽃잎(一)」 전문

  오독의 핵심은 그것이 문맥을 통하게 만드는 것이어야 한다는
점에 있다. 다시 말해 오독은 정독(正讀)—이런 것이 있다면 말이
지만—보다 더 이치에 맞고 사리에 닿는 것이어야 한다. 그러니
까 오독은 맥락의 흐름상 가장 미세하고 예민하며, 때문에 가장 결
정적인 부분을 극도의 주의력으로 다루는 작업이다. 이렇게 보면,

앞에서 제출한 '오독=범죄'라는 유비는 더 큰 타당성을 얻게 된다. 법을 어기면서도 법이 통하게(즉, 법이 모르게) 만드는 범죄, 다시 말해 완전 범죄를 행하기 위해서는 정말로 치밀한 준비와 꼼꼼하고 넓은 시야, 그리고 무엇보다 폭발적인 집중력이 요구된다. 오독 역시 마찬가지다. 그러나 결코 간과할 수 없는 하나의 결정적인 차이가 존재한다. 즉 범죄는 법을 위반하는 것일 뿐 법정에 저항하는 것일 수 없지만, 이에 반해 오독은 법과 더불어 법정까지 깡그리 붕괴시키려는 시도인 것이다. 오독은 정당성을 요구하는 법의 발밑을, 그러니까 법(정)의 근간을 뒤흔든다. 이 오독이 완수되기 위해서는 거대한 기계의 가장 핵심적인 부분, 즉 가장 약하지만 기계의 작동을 좌우하는 핵심을 찾아내는 일이 선결 과제로서 요구된다. 요컨대 거대한 법정-기계를 폭파시키기 위해서 오독자(誤讀者)는 더 이상 작아질 수 없을 만큼 작아져야 한다. 마치 '나중에 떨어진 작은 꽃잎'처럼.

따라서 무엇보다 작아지는 법에 대해서 배워야 한다. 여기서 우리는 성서를 펼쳐볼 필요가 있는데, 성서는 우리 시대의 (종교적 타락이 아니라) 정신의 빈곤을 타개하기 위해서 가장 먼저 그리고 가장 오랫동안 음미해야 할 텍스트이다. 핵심을 곧장 찔러 말하자면, 성서가 우리에게 들려주는 수많은 지혜의 말씀들은 모두 '작아지는 법'을 가리킨다. 가령 조그마한 돌멩이 하나로 무시무시한 거인 골리앗을 쓰러뜨리고 전쟁을 승리로 이끌었던 다윗을 떠올려보라. 그러나 이것은 아마 너무나 진부한 사례에 불과할 것이다. 하늘에서 내려온 '사람의 아들' 예수는 다윗의 돌멩이와 비교해서도 훨씬 더 작은 것, 즉 이 세상에서 가장 작은 것에 대한 이야기를 우리에게 들려준다. 하늘나라에 대해 묻는 물음에 대해 예수는 이렇게 대답했다. "하늘나라는 겨자씨와 같다. 어떤 사람이 그것을 가져다가 자기 밭에 뿌렸다. 겨자씨는 어떤 씨앗보다도 작지만, 자라면 어떤 풀보다도 커져 나무가 되고 하늘의 새들이 와서 그 가지에 깃들인다(마태복음 13장 31~32절)." '바람도 안 부는데/옥수수잎이 흔들리듯 그렇게 조금' 고개를 숙이는 겨자씨 혹은 작은 꽃잎. 이 '작은 겨자씨/꽃잎'은 불지 않는 바람에도 흔들릴 만큼 작고 가볍고 연약한 것이지만, 그러나 놀랍게도 거대한 '바위를 뭉개'는 힘을 갖고 있다.

물론 우리는 이러한 역설을 '추론'해내거나 '재연'할 수 없다. 그것은 다만 '사건Ereignis'으로서 일어나는 것이고, 따라서 우리는 그것을 만날 수 있을 뿐 결코 간직할 수 없다. 다른 어떤 씨앗보다 작은 겨자씨가 하늘의 모든 새들을 잠재우는 집이 되고, 다른 어떤 꽃잎보다 작아서 가장 '나중에 떨어져 내린 작은 꽃잎'은 바위를 뭉개는 커다란 혁명이 된다. 그리고 이 모든 작은 것들은 누워 있다. 세상의 모든 큰 것들은 남들보다 더 일찍, 더 멀리 보기 위해 조금이라도 더 높은 곳에 서고자 한다. 그러나 '나중에 떨어진 작은 꽃잎'은 다만 누워 있기 위해 떨어진다. 이렇게 떨어져 누운 꽃잎이 바라보는 것은 너무나 멀어서 오히려 가까운 곳, 바로 하늘이다. 왜냐하면 오직 그곳에만 구원이 존재하기 때문이다. 모든 것이 '법정화'된 세계를 향해 마치 돈키호테처럼 무모하게 돌진했던 카프카에 대해서, 그를 사랑한 방랑자―타는 해를 꺼뜨린 게오르크에 대해 이야기해준 바로 그 사람―는 다음과 같이 말했다. "우리는 구원되기 위해서는 짐승들 속에 누워 있어야만 한다. 똑바로 서 있다는 것(직립)은 동물 위에 군림하는 인간의 권력이다. 하지만 바로 이러한 명백한 권력의 자세로 인하여 인간은 노출되고 눈에 띄며, 공격당할 위험이 있는 것이다. 왜냐하면 이러한 권력은 동시에 죄이며, 또 우리는 짐승들과 함께 땅 위에 누워 있어야만 불안을 일으키는 인간의 권력으로부터 우리를 구원해주는 별들을 바라볼 수가 있기 때문이다."[8]

가능한 한 낮은 곳에 누워야만 제대로 작아질 수 있다. 이렇게 작아짐으로써 '구원의 별'을 바라볼 수 있게 되는 것, 이것이 거지의 네번째 보물이다. 바로 겨자씨같이.

> 겨자씨같이 조그맣게 살면 돼
> 복숭아가지나 아가위가지에 앉은
> 배부른 흰새모양으로
> 잠깐 앉았다가 떨어지면 돼
> 연기나는 속으로 떨어지면 돼
> 구겨진 휴지처럼 노래하면 돼
>
> ─김수영 「장시(一)」 부분

다섯번째 보물: 한낮의 소음

한낮의 소음, 이것은 화음 밖에 있는 음이다. 그러나 이 바깥음

---

8) 엘리아스 카네티, 『말의 양심』, 반성완 옮김, 한길사, 1984(1990), p. 180.

이 가장 중요하다.

칼 크라우스는 언젠가 이렇게 말했다. "폭력의 횡포가 아니라
오직 약하디 약한 것들만이 나를 두려움에 떨게 한다."[9] 세기말 비
엔나를 살았던 사람이라면 그를 모르는 사람이 없었을 정도로 칼
크라우스는 거칠고 대담한 싸움꾼이었다. 물론 그의 전쟁은 적군
이 아니라 저널리즘을 향해 선포된 것이고, 총과 칼이 아니라 펜과
종이로 행해진 것이지만 말이다. 평생에 걸쳐 언어 전쟁을 치룬 크
라우스는 그 어떤 비난과 독설, 심지어는 테러도 두려워하지 않았
다. 그는 이렇게 말했다. "인간을 더 사악하게 만들 수 있다고 믿
는 악마가 있다면, 그는 낙관주의자일 것이다."[10] 그런데 이토록 지
독한 독설가가 어째서 저토록 약해 보이는 말을 한 것일까? 그것
은 그가 정확히 알고 있었기 때문이다, 바로 '작은 꽃잎'의 정체를.
어쩌면 그는 '나중에 떨어진 작은 꽃잎'이 '바위를 뭉개'는 장면을
목격했는지도 모른다. 아니, 이렇게 말하는 것은 크라우스를 부당
하게 대우하는 것이다. 우리는 보다 정확하게 말해야 한다. 칼 크
라우스는 '작은 꽃잎'의 힘을 누구보다 잘 알고 있었기에, 누구보
다 깊이 신뢰했기에 그토록 험난한 싸움을 벌이고 끝까지 버틸 수
있었던 것이라고.

되풀이하건대, 크라우스의 격렬한 싸움은 활자와의 투쟁이었다.
그리고 이 싸움에서 그의 무기는 활자를 읽는 것이 아니라 그것을

---

9) Karl Kraus, *Denken mit Karl Kraus*, Zürich, Diogenes, 2007, p. 63.
10) *ibid.*

(목)소리로 듣는 것이었다. 그의 깃발에는 다음과 같이 씌어 있었다. "그리고 한낮의 소음에 귀 기울이기. 마치 그것이 영원의 화음인 듯이." 그에게는 매일매일 쏟아지는 신문·잡지의 활자들이 한낮의 거리에서 들려오는 사소한 소음들과 다르지 않았다. 그는 온갖 종류의 신문들에 항상 귀를 기울였고, 집 밖의 소음들을 모조리 빨아들였다. 게오르크 이야기와 더불어 구원의 가능성에 대해 귀띔해주었던 우리의 현자는 크라우스의 이 전략을 '청각적 인용'이라고 불렀다. "그의 귀는 언제나 열려 있었기 때문에—그것은 결코 닫히는 일이 없었고, 언제나 활동 중이어서 늘 무언가를 듣고 있었다—그는 이러한 신문들을 읽을 때에도 마치 직접 듣는 듯이 읽고 있었던 것이다. 검게 인쇄된 죽은 글자들은 그에게는 소리가 나는 말들이었다. 신문을 읽고서 그가 그것들을 인용할 때면 그는 마치 목소리들이 말을 하도록 하는 것 같았다. 내가 말하는 청각적 인용이란 바로 이를 두고 하는 말이다."[11] 말하자면 크라우스의 존재는 그 자체로 하나의 커다란 귀였던 셈이다. '한낮의 소음'을 '영원의 화음'으로 (알아)듣기vernehmen 위해서 이보다 더 좋은 방법이 있을까.

그런데 지금 귀를 잃어버린 시인의 탄식이 들려온다.

어디에 두고 왔을까
두 귀

---

11) 엘리아스 카네티, 같은 책, p. 67.

돋보기가 빛을 모으듯
소리를 끌어모아 어루만지던 귀

소리의 혈맥을 더듬어
그 통점과 경락을 찾아내던 귀

허공의 거미줄을 따라
미세한 움직임에도 흔들리던 귀

어느 순간 먹먹해졌다
귓바퀴는 멈추고
아무 소리도 들리지 않는다

피아노에 갇힌 건반처럼
정신은 아무 소리도 내지 않는다

난청과 실어증의 나날,
바람이 헛되이 녹슨 현을 울리고 간다

　　　　　　　　　　　　　—나희덕, 「정신적인 귀」 전문[12]

　의미심장하게도 제목이 '정신적인 귀'다. 이 제목은 마치 크라우
스-귀를 암시하려는 듯 보인다. 그러나 슬프게도 시인은 지금 아

---

12) 나희덕, 『야생 사과』, 창비, 2009.

무것도 듣지 못한다. "소리의 혈맥"을 짚고, 거미줄의 떨림까지 간취하던 그의 예민한 귀가 고장 났기 때문이다. 그래서 그의 '정신은 아무 소리도 내지 않는다.' 그런데 이 노래는 놀랍다. 청력을 상실한 채로도 곡을 쓰고 음악을 즐겼던 베토벤처럼 이 시인 역시 들리지 않는 귀를 가진 채로 노래하고 있기 때문이다. 어떤 의미에서 이 노래는 무섭다. 정신의 귀를 잃어버린 이는 시인이 아니라 오히려 그 노래를 듣는 우리라는 생각이 들게 만들기 때문이다. 그러나, 단언컨대, 이 노래는 더없이 소중하다. 거미줄의 떨림 같은 미세한 역설을 품고 있기 때문이다. 아니다. 그것은 역설이 아니라 차라리 반전이라고 불러야 옳다. 다시 말해 이 시는 '고장난 귀'에 대해 탄식하는 것이 아니라, 칼 크라우스처럼 존재 전체가 하나의 커다란 귀가 되는 기적을 가리키고 있다. 마지막 연을 주의 깊게 들어보자. "난청과 실어증의 나날,/바람이 헛되이 녹슨 현을 울리고 간다"는 진술은 아무것도 듣지 못하는 귀가 '바람의 움직임'과 '녹슨 현의 울림'을 듣고 있음을 뜻하지 않는가. 이렇게 보면 "아무 소리도 내지 않는" 정신은 시인의 귀가 아니라 오히려 '허튼 소리'를 모조리 추방해버린 육지-세계의 정신을 가리키는 것이 된다. 바꿔 말하자면, 시인의 목소리는 거대한 정당성의 법정이 모든 참된 소리—영원의 화음을 완전히 상실했음을 폭로하는 것이다. 요컨대 시인의 귀, 아니 시인-귀는 바다를 향해 있다. 모든 소리들이 정당성을 요구하는 '(입)바른 소리'로 흡수되어버린 곳에서 시인-귀는 아무것도 듣지 못한다. 그러나 그 귀는 바다의 길 위에서는 활짝 열린다. 온몸이 하나의 귀라고 해도 좋을 정도로 활짝. 그가 "바람이 헛되이 녹슨 현을 울리고" 가는 소리를 들을 수 있었던 것은 그곳이 바다—정신의 고향이었기 때문이다. 이 '녹슨 현의 울림' '한낮의 소음'이 거지의 마지막 보물이다.

〈문제기에 관한 13개의 테제〉

1. 오직 문제만이 중요하다. 인격과 자격과 품격 따위의 미장센 mise en scène이 꾸며내고, 주체-대상/원인-결과의 조명등이 눈부시게 연출하는 허튼 수작, 같잖은 연극판을 깨부수어야 한다. 오로지 문제에 집중함으로써, 놀랍도록 그럴싸하게 꾸며진 생-애(生-涯)의 무대를 박살내야 한다.

2. 전기(傳記)와 전기적 사고——이것은 인간·인물·주체 중심적 사고를 총칭한다——는 종말을 맞이해야 한다. 전기는 참된 역사 이해[역사관]와 역사 기술Historiography의 가장 큰 적들 중 하나이다.

3. 전기의 부작용, 아니 치명상을 치료할 수 있는 강력한 처방, 아니 수술은 문제기Problemography를 통해서 가능하다. 문제기는 실증주의적 역사학이 아니라 섭리주의적 연대기학 providential annalogy에, 인과-목적론적 역사철학이 아니라 초월-경우론적 역사신학transcendental-casuistic Histotheology 에 복무한다.

4. (아직 존재하지 않는 혹은 잠복하고 있는) 문제기는 어떤 구조로 이루어져야 하는가? 문제기는 물질-정신/자연-인간의 이분법dichotomy을 해체-구성하는 힘-관계-짜임새의 삼원 구도 trinity로 이루어져야 한다.

5. 물리적 힘을 부분집합으로 포함하는 힘 일반의 개념이 인간과 주체 그리고 인과관계 따위의 오도하는 개념들을 대체해야 한다. 세계는 합리적으로 움직이는 행위자들이나 연산에 따라 추정, 확정할 수 있는 이유들이 아니라, 결코 예측할 수 없는 방향과 도저히 저항할 수 없는 강도로 작용하는 다양한 힘들로 이루어져 있다. 세계는 힘들에 의해 생성·파괴·변형된다.

6. 힘이 직접적으로 작용하는 곳, 힘이 조작·변형·갱신시키는 것은 다름 아닌 관계이다. 관계는 힘의 배치 혹은 대치 구도를 이용하여 〔정적인〕 상태status quo를 〔역동적인〕 상황situation으로 지양·변모시킨다. 그러나 거꾸로 관계는 아주 미세한 접합junction 혹은 비논리적 이접disjunction만으로도 엄청난 규모의 물리적·정신적 힘을 능히 압도하거나 가뿐히 능가할 수 있다. 그러니까 관계는 잠재력이다. 다시 말해 힘과 관계의 관계는 구불 불가능한 안팎의 관계와 같다.

7. 그러나 가장 중요한 것은 짜임새configuration/constellation이다. 힘과 관계가 물리적 상태-세계를 포섭하면서 배제하는 범주라면, 짜임새는 힘-관계의 영역을 가장 내밀한 지점에서부터 조직해나가는 동시에 가장 먼 바깥에서부터 해체해 들어오는 무(無/武)적 존재태이다. 짜임새는 오직 이념으로만 존립한다. 따라서 짜임새는 인식되거나 구성될 수 없고 다만 믿어질 수만 있는 존재, 또한 심지어 존재 전체를 괄호치는 (비)존재이다(문

자 및 텍스트의 차원과 결부시켜 보자면 짜임새는 쉼표와 괄호에 상응한다).

8. 기존의 역사와 역사쓰기Historiography는 여전히 (그리고 어쩌면 의도적으로) 인간과 인격의 주술에 붙들려 있다. '작인agent' 이라는 유용하고도 포괄적인 개념이 언제나 이미 무력할 수밖에 없는 까닭이 이것이다. 그러나 이 속박으로부터 상대적으로 자유로워진 해방적 통찰들 역시 (보편적) 주체 개념의 손아귀로부터는 도무지 벗어나지 못하고 있다. 주체 개념이 드리우는 가장 크고 넓은 그림자는 세계 개념이다. 다시 말해 가장 물리치기 힘든 주체는 세계라는 주체이다. 희한하게도 인간들이라 불리는 존재는 근거 없이 세계(의 존재)를 믿는다.

9. 문제기를 쓰는 손은 세계-주체/주체-세계를 파괴하(려)는 제스처이다. 이 제스처가 말하는 바는: 세계는 없다. 오직 문제만이 존재할 뿐이다. 역사 또한 그것이 문제인 한에서만 성립할 수 있다. 따라서 근본적으로 따져볼 때 세계사는 역사가 아니며, 하물며 보편사로서의 세계사만큼 허황된 구성은 존재하지 않는다고 말할 수 있다.

10. 정확히 말하자면, 문제기는 쓸 수 있는 것이 아니라 오로지 쓰여질 수만 있다(그러나 이 후자의 사태는 수동태가 아니라 중동태로 이해되어야 한다!). 세계 개념에서 정점에 다다른 주체의 어설픈 연기가 이제까지 득세할 수 있었던 것은 다만 잘못된

언어 사용, 오염된 문법 덕분이다. 니체와 비트겐슈타인 철학의 가장 커다란 공적은 그것들이 문법 교정을 위한 교본으로 쓰일 수 있다는 점에 있다.

11. 쓰여질 수만 있는 문제기는 중동태[중간태]로서의 삶과 같다. 이 삶에 있어서 중요한 것은 성과와 보상, 실패와 처벌(혹은 책임), 조작과 영광 따위의 행위쌍이 아니라 부딪침과 만남과 헤어짐, 만(져)짐과 상처와 성찰, 기적과 (그 기적의) 기록 및 갱신이라는 신비로운 짜임새이다.

12. 기적 같은 짜임새로서의 삶은 마치 자모가 엮여 글자가 만들어지고 텍스트가 생산되듯 만남과 상처와 기적이 엮이고 성찰되고 또한 갱신됨으로써 존립하는 것이다(그러나 자모보다 더 중요한 것은 쉼표 등의 구두점들과 괄호이다). 정확히 이런 의미에서 문제기는 삶으로서 쓰(여지)는 것이며, 삶의 무늬로서 짜여져가는 것이다. 문제기는 존재의 무늬, 가장 근본적이고 가장 궁극적인 의미에서의 존재태(存在態)를 표상한다.

13. 그러나 짜여져가는 무늬보다 풀어져가는 무늬야말로 중요한 것이다. 무늬의 자가 생산 혹은 중동태적 생성 과정 속에서 어쩔 수 없이 생겨나는 오해, 통념, 판결 따위의 찌꺼기는 오직 무늬 자체의 풀어헤쳐짐을 통해서만 일소될 수 있다. 이렇게 보면, 낮에 짠 천을 밤에 다시 풀었던 페넬로페는 문제기의 상징이라 할 수 있다. 그러나 물론 궁극의 상징은 아니다. 실로

문제기에 대한 하나의 형상figure이 존재할 수 있다면 그것은 아마 성서 출애굽기에 등장하는 깨어진 석판일 것이다. 모세는 하느님께서 주신 석판을 깨뜨렸던 것이다! 하느님의 글자마저도 깨어질 수 있음을 보여준 이 사건은 그야말로 가장 깊은 비밀을 잠그고 있는(!) 열쇠이다. 가장 중요한 무늬는 부서진 무늬, 산산조각난 무늬, 완전히 풀어헤쳐진 무늬, 그러니까 결코 대답될 수 없는 문의(問議)이다. 따라서 문제기는 어떤 경우라도 공공연히 썩어질 수는 없고, 다만 암흑의 핵심 속으로 끊임없이 깊어져 가지만 또한 동시에 가장 밝은 햇빛 아래를 활개치는 열린 비밀로서만 가능하다.

스파이 K.를 위하여

그러나 나는 실로 전혀 믿지 않았고, 다만 질문했을 뿐이었다.
—프란츠 카프카

1. 일러두기: 스파이의 사명

스파이의 활동은 사라짐/스러짐에서 정점에 이른다. 잘 사라지는 것, 흔적 없이 스러지는 것이야말로 스파이의 최고 덕목이다. 스파이는 자신에게 주어지는 명령에는 맹목적이지만, 자기가 수집하고 획득하는 그 어떤 정보도 믿지 않는다. 스파이의 일은 명령에 따라 끝없이 정보를 교차 체크하는 것, 임무를 완수하기 위해 제 주변에서 일어나는 모든 일에 의심의 눈길을 보내는 것이다. 가장 높은 믿음과 가장 날선 비판이 더없이 깊은 역설 속에서 중첩되는 장소가 바로 스파이의 삶이다. 그런 점에서 스파이의 선조는 순교자martyr라고 할 수 있다. 순교자는 (믿음을 위해) '죽어라!'라고 말하는 목소리에 순명하여 목숨을 바치지만, 자신을 압박해오는 세계의 모든 일들에 냉철하게 거리를 둔다. 그러나 그들에게 떨어지는 명령의 출처는 다르다. 스파이의 경우 그것은 모종의 '기관'—대개는 정체가 불분명한—이지만, 순교자는 저 높은 초월의 세계로부터 사명을 부여받는다. 이렇듯 출처가 다르므로, 그들의 사라짐/스러짐 역시 다른 모습을 띤다. 순교자는 (제 믿음의 확실성과 자신을 향한 세상의 억압이 함께 마련해준) 무대 위에서 (장엄하고 숭고하게) 죽음을 맞이할 수 있지만, 스파이의 죽음은 끝내 멀고 모호한 비밀로만 남겨져야 한다. 스파이의 활동, 더 나아가 스파이의 존재는 처음부터 비밀의 그림자 속으로 사라지는 것으로서 규정되어 있다. (따라서 정확히 말하자면, 스파이의 선조는 '익명의' 순교자이다.) 스파이의 활동은 은밀하고, 그의 존재는 어둡다. 그의 은밀함은 활발한 일상 세계의 움직임으로 수렴되고, 그의 어두움은 무던한 평범 세계의 지속으로 융해된다. 스파이의 시작과 끝은 무조건적 믿음으로 충만하지만, 그의 중간 세계—그림자 속의 그림자로서 살아야 하는 삶—는 끝없는 긴장과 방향 없는 회의로 인해 늘 파열 직전의 상태에 육박해 있을 수밖에 없다.

스파이는 살아 있지만 살아 있는 것으로 인지되어서는 안 되는 존재, 사건을 일으키지만 그 원인으로 지목되어서는 안 되는 존재, 갈등을 해결하지만 흔적이나 자취를 남겨서는 안 되는 존재다. 스파이는 없음으로써 있(어야 하)는 무엇이다. 요컨대, 스파이는 불(가)능성이다. 물론 이것은 어디까지나 스파이의 이념(형)에 대한 서술이다. 우리가 흔히 접하는, 영화나 드라마에 출현하는 스파이는 모두 덜 된 스파이, 망가진 스파이, 혹은 스파이-존재를 거부하는 스파이, 한마디로 (지극히 인간적인) '인간'들이다. 그들은 그저 스파이 흉내를 내는 인형에 지나지 않는다. 우리에게 가시적인 형태로 드러나는 스파이가 이렇듯 인간적인, (너무나) 인간적이고

자 하는 모습을 보이는 이유는 간단하다. 스파이의 존재태가 요청하는 근본적인 모순——믿음과 의심, 복종과 배신 사이의——을 감내하기란 실로 불가능하기 때문이다. 전도(傳道)와 증명이 신앙의 근본적인 요구인 한에서, 순교자는 제 믿음에 충실하게 죽을 수 있다. 이에 반해 스파이는 자기가 믿는(혹은 믿었던) 것이 무엇인지(혹은 무엇이었는지)조차 알지 못한 채 '아직(혹은 미처, yet)'의 세계 속에서 조용히 죽어야만 한다. 오히려 제 믿음의 공허를 (철저하게) 믿어야만 지탱되는 것이 스파이의 토대인 셈이다. 결코 최종 목표와 궁극 이유를 궁금해해서는 안 된다는 것, 이것이 스파이의 믿음의 유일한 내용이자 계율이다. 스파이는 인간이지만 인간이 아닌 존재가 될 것을, 그리고 나서 다시 인간인 '척'할 것을 요구하는 불(가)능한 명령을 따라야 한다. '아닌 존재'가 되어서 '그런 존재'인 '척'해야만 비로소 스파이의 삶은 탄생할 수 있다. (그리고 이렇게 탄생한 스파이는 역설적으로 (거의) 전능한 인간의 모습을 띤다.) 따라서 스파이는 스스로의 존재를 배신해야 하는 동시에 스스로의 비존재 역시 배신해야 한다. 스파이의 사명이란 이와 같은 이중 배신을 통해 공허한 명령 혹은 믿음의 공허를 완료 Vollendung하는 것이다.

그러므로 이 세계의 시간을 가장 혹독하게 감내(해야) 하는 이 역시 스파이다. 그에게는 모든 순간순간이 극심한 긴장에 시달리고 잔혹한 허무에 짓눌리는 시간이다. 게다가 그가 인간인 ('척'하는) 한에서, 그에게는 배가된 일상의 고통까지 엄습한다. 그러나 스파이는 견딘다. 처절한 '척'을 통해 견디고, 제 믿음의 허무에 대한 (의심어린) 오기(午氣)를 통해서도 견딘다. 누구보다, 오래전 스파이 K.가 그랬다. 그러나 그는 그냥 스파이가 아니었다. 그는 '문학적 절대L'Absolu littéraire'가 보낸 최고의 스파이였다. '문학적 절대'—그러나 이것은 정확한 이름이 아니다. 우리에게는 이것의 정확한 이름을 부를 만한 능력이 없다—란 세계의 바깥이고 우주의 배면이며 존재 일반을 압도하는 힘이다. 그런 의미에서 그것은 가장 불가피한, 지저(至底)의 '문제'이다. 그러나 스파이 K.의 정체는 친구 B.의 배신으로 인해 세계에 노출되고 말았다. 〔그럼에도 그의 비밀은 언제까지나 접근 불가능한 것으로 남(아 있)을 것이다.〕 세계에 대한 똑같은 양의 사랑과 저주 속에서 죽어간 익명의 순교자처럼 살았던 스파이 K. 그는 수수께끼와 경악을 똑같은 비율로 섞은 아래의 지침을 우리에게 남겨주었다.

　　너와 세계의 싸움에서 세계에 지지를 표하라.[13]

『그리스인 조르바』의 작가가 누운 무덤 위 묘비에는 다음의 문장들이 새겨져 있다고 한다. "나는 아무것도 바라지 않는다. 나는 아무것도 두려워하지 않는다. 나는 자유다." 아마도 스파이 K.는 이 문장들에 동의하지 않을 것이다. 차라리 그는 이렇게 쓸 것이다. "나는 아무것도 바랄 수 없다. 나는 모든 것을 두려워해야 한다. 나는 복종이다." '문학적 절대'의 명령을 따르는 스파이의 생은 자유의 반대다. 그의 모든 행동은 명령에 속박되어 있다. 군인은 휴가라도 얻을 수 있지만, 스파이에겐 숨 쉴 틈조차 없다. 그의

13) 프란츠 카프카, 『전집2―꿈같은 삶의 기록』. p. 439.

삶—도대체 그런 게 있다면 말이지만—은 세계의 편에 서서 세계에 맞서 싸우는 것이다. 아래의 내용은 한 스파이 견습생의 잠입 활동 보고서에서 일부를 발췌해 편집·가공한 것이다. 그의 임무는 세상에 횡행하는 온갖 종류의 '위안'을 제거하는 것이었다.

2. 한 번 더 일러두기: 문제를 쓰는 스파이, 문제로 쓰(이) 는 스파이

문제the Thing는 힐링이 아니라 문제problem다. 스파이는 (잊힌) 문제를 읽고 (지워질) 문제를 쓰며, 그래서 마침내 (무한한) 문제가 되어야 한다. 위로와 공감 혹은 소통과 진정성 따위의 수다스런 개념들이 득세하는 까닭은 대중이 (거의 예외 없이) '자기 Selbst'에 대한 환상을 부여잡고 있기 때문이다. 이 세상에서 '자기'보다 중요한 것이 없기 때문에 거품 같은 '행복'—웰빙과 웰다잉—이 그토록 강렬하게 욕망되는 것이다. 그리고 불행에 대한 불만의 소리가 그토록 높은 것은 문제가 아닌 해답만을 원하기 때문이다. 그러나 그들이 '오늘' '우리'의 행복에 대해 이야기하는 것은 결국 엉성하기 짝이 없는 발명품, 즉 '인권'이라는 토대 위에서이다. '오늘' '우리'의 인권과 행복이 중요하다고 수다 떠는 사람은 멀거나 가까운 과거와 미래의 모든 피조물, 그 무수한 익명적 존재들의 고통을 은근슬쩍 자연화하는 것이다. '자기'의 우선적 행복이 모두의 (평등한) '인권'과 결합해서 민주적 대중이라는 수다스러운 악마를 탄생시켰다. 스파이는 행복(에 대한 주장)에 반대한다. 반복하건대, 스파이의 삶이란 익명의 고통으로 충만한 존재태이다. 문제를 쓰는 스파이는 대중의 속도를 유린(蹂躪)한다. (그러나 대중은 거의 언제나 부재중이다. 그들은 움직이지 않는다. 그들에게는 속도가 없다. 드물게 현전하는 대중은 거의 언제나 짜증을 내며, 이 짜증을 이길 방법은 없다.) 문제로 쓰(이)는 스파이는 변덕과 변칙으로 대중의 (흐)느낌을 압도한다. 〔그러나 대중은 폭력적으로 (흐)느낀다. 이것을 압도하는 행위는 거의 자기 파괴적 테러에 가깝다.〕 그러므로 스파이는 오해 유발자, 당황 유발자, 그리고 무엇보다 충격 유발자가 되어야 한다. 그러나 그는 보이거나 들려서는 안 된다. 그는 암행해야 하고 잠행해야 하며, 무엇보다 잠복해야 한다. 그는 오직 '문득' 읽힘으로써, 칼처럼 '쬣'혀오는 글자로서만 출현해야 한다. 이보다 더 중요하고 절박한 과제는 없다. 그러므로 '절대적 완전'을 위해 비평에 목숨을 걸어야 한다는 '네안데르탈 인'의 주장은 문학적 절대의 스파이에게는 전혀 터무니없게 들린다. 스파이에게 목숨은 이제 비로소 거는 것이 아니라 언제나 이미 걸려 있는 것이기 때문이다. 그에게 목숨을 거는 일은 어떤 의지와 결단의 문제가 아니라, 처음부터 끝까지 필연이자 불가피이며 거스를 수 없는 사명이다. 따라서 스파이는 가장 비참하게 죽음을 맞는 정신의 귀족, 더할 수 없이 낮고 비루한 엘리트이다. 그의 목숨은 어두운 그늘에 걸린 그림자, 현기증 나는 속도에 걸린 시간, 풀 수 없는 문제problem에 걸린 문제the Thing이다.

그러므로, 반복하건대, 스파이는 이중부정의 존재다. 그러나 이것은 기초논리학의 이중부정이 아니다. 즉 'A =-(-A)'가 아니라는 말이다. 스파이의 이중부정은 'A=B=C……'의 이중부정이다. 즉 A는 A가 아니라 B이며, 다시 B는 B가 아니라 C이며, 이 과정은 무한히 갱신된다. 스파이에게는 자기 자신을 포함한 어떤 것도, 심지어 세계 자체마저도 자기동일성을 보존하거나 유지할 수 없다. 따라서 스파이의 이중부정은 원리상 무한연쇄로 도약할 수밖에 없다. 다시 말해 스파이의 이중부정은 무한부정인 셈이다. 이 무한부정은 자기부정을 배제하지 않는다. 스파이에게는 모든 것이 다른 것으로 내던져지는 소용돌이의 운동만이 존재한다. 그래서 그에게는 심지어 '실용주의＝허무주의＝신앙'이라는 극단적 도식까지 가능해진다. 아니, 그것은 필연적이다. 그리하여 존재하는 것은 오직 무한부정의 절대뿐이다. 바로 이것이 '문제'의 정의 definition이다. 그러므로 '문학적 절대'의 명령이란 결국 '문제기 problemography'를 쓰라는 것이다. "삶은 문제 해결의 연속"이 아니라 문제(쓰)기의 연속이다.

***

이 글은 무한부정의 운동에 의해서 생성되는 것이며, 따라서 사라져/스러져야 한다. 이 글을 읽는 독자의 사유 회로가 폭발하거나, 아니면 이 글 자체가 철저한 무관심 혹은 조소(嘲笑)의 불구덩이 속으로 내던져져야 한다. 이 글은 "슬픔이 없는 15초" 후에 자동 폭파된다.

감사의 말

　언제나처럼 가장 먼저 김태환 선생님께 감사의 말씀을 전해 올린다. 논리를 궁리하고 구축하는 일이 가히 아름다울 수 있다는 것을 오직 선생님께 배웠다. 비록 내 글의 논리 관절들은 선생님의 그것과는 달리 곳곳이 어긋나 있어 삐그덕대기 일쑤지만, 그래도 선생님께 배운 덕분에 쉽게 부서지거나 무너지지 않을 수 있게 되었다고 생각한다. 참으로 다행스러운 일이다. 김항 선생님께도 감사드린다. 대화를 나누는 것이 곧바로 공부가 되는 신기한 경험을 매번 안겨주시는 선생님 덕분에 누추한 글솜씨로나마 책을 낼 수 있게 된 것 같다. 그리고, 비록 몇 번 뵙지는 못했지만, 세상을 읽는 공부가 어떤 것이어야 하는지 몸소 보여주신 김종엽 선생님께도 감사의 말씀을 올린다. 멀리서도 늘 따뜻한 응원의 말을 건네주시는 황호덕 선생님도 빼놓을 수 없다. 볼티모어의 소중한 두 친구 요하네스와 루카스에게도 고마운 마음을 전한다. 『인문예술잡지 F』의 동료 편집위원 선생님들과 나누었고 또 나눌 대화들이 내게

는 아주 귀중한 공부다. 책을 엮는 과정에서 여러 고민들을 함께해
준 문학과지성사의 이정미 선생님과 근사한 디자인을 해준 박미정
씨께도 고마운 마음이다. 허술한 원고를 책으로 낼 수 있게 허락해
주신 주일우 대표님을 비롯하여 문학과지성사의 여러 선생님들께
도 감사의 인사를 올린다. 마지막으로 먼 이국땅에서 공부하는 아
들 때문에 걱정이 그칠 날이 없는 어머님께 이 책이 작은 기쁨이
되기를 소망한다.